远大前程

吴君

———

著

四川人民出版社

图书在版编目（CIP）数据

远大前程 / 吴君著. —— 成都：四川人民出版社，
2025. 1. —— ISBN 978－7－220－13959－8

Ⅰ. I247. 7

中国国家版本馆 CIP 数据核字第 2024PZ8337 号

YUANDA QIANCHENG

远大前程

吴 君 著

责任编辑	彭　炜
责任校对	申婷婷
封面设计	张　科
内文设计	张迪茗
责任印制	祝　健

出版发行	四川人民出版社（成都三色路 238 号）
网　　址	http://www.scpph.com
E-mail	scrmcbs@sina.com
新浪微博	@四川人民出版社
微信公众号	四川人民出版社
发行部业务电话	（028）86361653　86361656
防盗版举报电话	（028）86361653
照　　排	四川胜翔数码印务设计有限公司
印　　刷	成都国图广告印务有限公司
成品尺寸	143mm×210mm
印　　张	7.75
字　　数	120 千
版　　次	2025 年 1 月第 1 版
印　　次	2025 年 1 月第 1 次印刷
书　　号	ISBN 978－7－220－13959－8
定　　价	48.00 元

远大前程

目 录
CONTENTS

「扑热息痛」

黄灿生和杜小娟在上面悬挂了十几分钟，才被人发现。

发现者是一个扫街的广东阿婆，此阿婆也许只是如平时那样习惯性地看了一眼天色，就发现了这样的景观。如果是三十年前，她或许会以为是神仙下凡之类。而此时此刻，她相信是见了鬼。这样的两只穿着工装的鬼，吓得她魂也跟着丢了。在一路狂奔的过程中，她大声叫喊，当然冒出的只言片语都是关外一带的客家话，没什么人可以听懂。到了十字路口，只见她摇晃几下，一屁股坐到地上。她头上那顶宽大的黑帽子转眼间飞上马路。此刻，她又热又辣的喉咙，再也发不出任何声音，甚至连抬手的力气也好像所剩无几。她甚至以为自己提前见了阎王。

作为当事人，从头到尾，黄灿生像足一个观光客。他有点儿兴奋，因为从来没有试过，外界因为他而发生变化。此刻，他看见，在阿婆的目光指引下，他的脚下迅速聚拢了围观的人群。而所有的这一切不过是他预期的第一步。

想不到，杜小娟眼尖，虽说只看了一两眼，就发现了事物本质。她说，停在下面的也都是打工仔和小摊小贩，根本见不到一个有钱有势的主。那些穿着整齐的人，个个来去匆匆，根本没人去理会他们，似乎他们生来就该挂到那个地方。

黄灿生当然不是傻子，但是比起老婆来说，更有远见。为了照顾女人的情绪，他也顺着看下去。情况确如老婆所言。当然，也有汽车停下，只是拉开车窗瞟一眼或两眼，便火速开走，有的人可能还会骂上一句广东话"七线！"这句在广东话里是神经的意思，用以发泄宝贵时间被耽搁之愤。骂者脸上连吃惊也没有。这让黄灿生有些失落。按照计划，黄灿生不应该发表任何意见。但考虑到自己的男人身份，必须顾全大局。他需要安慰老婆："可惜手上没有吉他，不然的话，我一定能把全城的人都招过来。"

此刻是北京时间下午五点十七分，地点在深圳西乡大道与关外大道的交界，一个巨幅广告的对面——高压电线杆上。

杜小娟有点不屑，心里想，什么时候了，还说这种话，再说，这么多年，也只会弹一首曲子，还是那首老歌《橄榄树》，竟有脸招摇。那还是高中的时候学来的，那个时期谁没闪过偶尔的火花，大人物是火光冲天，小人物就是一丁点儿火星子。这是杜小娟偶然一次在《读者》上面读到的，她认为黄灿生就是后一种。这本杂志是黄灿生的最爱。当时两个人的关系还没明了呢。

"不要问我从哪里来，我的故乡在远方。"弹来弹去，黄灿生也只会这两句。

"那怎么办呢，要是这样，不就白上来了。"杜小娟表情里还是担心。

"放心吧老婆，一会儿就有人来管了，到时候，让你把大人物们看个够。说说，你到底想见谁吧，是男的还是女的？"

杜小娟听了这话很不高兴，微微发紫的嘴嘟起来，说："什么时候了，你还有心思说这个。"

"这怎么了，你就安心在这上面待着，不这样，就永远不会有解决问题的办法。"

选择这个时间登高望远还算是好的，这是新劳动合同法出台的前一周，他们希望用这个方式可以让工厂拿出医药费。否则合同一出，人被解散，再也没人可以证明她的手是怎么回事。

两个人都是一九七五年出生的人，对国家大事还是比较关注的。

"我还是有点儿怕。"杜小娟声音发怯。

"要是怕就下去，趁着还没几个人看，顺着杆子溜下去。当时可是你自己说要上来的。我都说了，你留下来，万一我有个三长两短，你还可以留下来照顾家。"

"有什么三长两短呢，你就爱胡说。"女人不满意丈夫的乌鸦嘴。

"不是跟你说了么，这是走投无路才用的办法，弄不好，就会被界定成危害公共秩序，会坐牢的。"

女的听了，脸色发青，停了半天，也没想出一句话。

男的说："怕了吧。"

女的说："嗯。"

男的说："的确冒险，不过，如果进去，最多也就三个月。可是，你算算吧，如果不这样，最后什么也没有，房子，最后就连儿子的学费也泡了汤。再说，我们不要别的，就把医药费要回来就行。"

女人想了一下，说："那我还是陪着你吧，谁让我欠你的。"

男的笑了，说："你不欠我的，是那该死的老板欠我们的，要是你害怕，你就向远处看，你看那边多好看啊！快有晚霞了，到时候，你就不后悔跟着我上来了，你不是总想家吗，那里的晚霞和老家的一模一样，小时候，我还能在里面找到猪八戒呢。"

女的终于笑了，说："你呀，就是嘴贫，你说了要在上下班的时候上来，现在最多是下午四点多，谁家的晚霞在这个时候出来啊。还说想家，连晚霞什么时候出来都忘啦。"

男的看见女的已经不再害怕，才说："好了，你不怕就没问题，如果不这样，就没有别的办法。"

"其实再等等，他们也许会想出法子来。"女的说。

男人看了一眼老婆的手，说："都等五个月了，再等你的手就烂了。一月一号合同法出台，在这之前，他准能找到理由把我们炒鱿鱼。"两个人在同一间玩具厂工作，那是半年前，女人的两个手指受伤，被鉴定为三度热压伤，根据规定不能赔偿，在医院治了一段时间，交不起钱，治了一半就出来，杜小娟也没有注意保护，沾了水，想不到，又开始不能干活了。

因为来得早，还是厂里的熟手，厂里倒是为男人买了工伤保险，伤了两次都有赔偿。

男的要为老婆讨个公道，跑了几个月，还没结果。传说老板计划元旦就要炒人。这个高压电线杆就是他们最后想到的办法。

男的曾经做过村里的电工，想不到可以再次用上这个技术。

"放心吧，我保证你安全上去，安全下来，只是待在上面寂寞点儿。"

男的在村里算是有文化的人，爱开玩笑，女人当初就是被他这点迷上。做事情与别人不一样。比如这个事情，他就不会弄得很悲壮，甚至还有些嬉皮笑脸。女人心里不舒服，毕竟玩笑开的不是时候。她把脸撇了过去，不看男人。

"什么时候不时候啊，难道我一上来就要哭丧着脸啊！要知道，我们是年轻人，不比父母那一辈，面对什么都是哭哭啼啼。我保证，我是不会让你流一滴眼泪的。你现在是安全的，比街道上那些攀越栅栏的还安全。"说话的时候，他用眼睛去扫视下面那条熙熙攘攘的马路。那条马路上经常有工友横过马路而丧生轮下。

女的看了看两个人身上的绳子。曾经反复试过多次，男人把那根看起来粗一些的给了老婆用。

男的安慰自己女人，说："你看看自己的脚，还有东西踩，是什么人都能用的吗？告诉你吧，只有专业人员才行，明白了吧，明白了，就别一天到晚胡思乱想，动摇军心。"

女的不想和男人对话。她把眼睛望向远处。这个时候，她鼻子发酸，的确想家了。尽管还看不见晚霞，但是在这个角度，她发现天空的样子还是和家里那块差不多。远处的楼房显得异常矮小，模糊中能看见一些菜地和养猪场，她判断那应该就是城边了。她看见几个人在菜地里弯着腰干活，女的知道那些都是农村人，和自己的身份一样。也是放着家里孩子不管，放着菜地不种，而跑到城里打工的农民。她想，要是再能看远点儿，或许就能看到自己的家了。

他们的家离这里不远，走高速，就是一个多小时的路。尽管只是很短的路，但两地的情况却有很大的不同。

　　想到这里，女的鼻子继续发酸。想孩子，很久没有回家，尽管不远。每次回去，亲戚朋友都过来坐，多少都要给点儿。到了晚上就是一些亲戚过来借钱。不借，父母很难在村里待下去。辛苦了一年，到头来，什么也没有剩下。两个人发了狠，两年不回去，攒下钱，给家里盖房子。要是没有手指这件事情，他们的理想差不多快实现一半了。不久前还和父亲通过一个电话，说，这里特别好，是赚钱的好地方，他们要赚够了房子钱才回去。

　　"你算一算啊，我们一间房子没了。"这是杜小娟躺在病床上，一边治手一边哭着说的。

　　男人说："那也得治，你真想做残疾人啊，到时候你什么也不干，还要我天天来侍候你，你倒是想得美。"

　　女的哭得更厉害了。

　　直到三间房的钱也花出去的时候，男的才不笑了。

　　反倒是杜小娟有点儿不好意思，主动提出，不治了。

　　男的不说话，却掏出了一包烟。

　　杜小娟见了，没说话，只能看着他抽，男人是因为
发愁，才学的。抽到第六根的时候，男的脸色有些发青
了，说："我们还是要采取点行动。"说这话的时候，两
个人坐在西乡大道路牙上面。这个地方离海最近，可以
看到成片的红树林和湛江人开的水上餐厅。很多工人下
了班就跑到这个地方谈情说爱。如果不加班，又赶上第
二天休息，他们两个也会过去，待上一个大半夜。那个
地方，除了蚊子多，风景还是很美。水上的灯光一闪一
闪，很有些情调。有好几次忍不住了，他们在那个地方
做了那种事。每一次之后，杜小娟都会骂黄灿生不
要脸。

　　男的就嘿嘿地笑，也不说话，让眼睛去看远处。远
处的彩灯飘进男人眼里，五彩缤纷，男人的眼睛不再像
是眼睛，很有意思。

　　直到杜小娟的事情发生，他们再也没有过那样的亲
密了。来过两次都是商量事儿，或是坐着不说话，而只
是叹气。主要是钱能不能补回来，手还能不能治的
问题。

　　听到有人嚷嚷，杜小娟才发现自己刚刚睁着眼睛打
了一个盹，这让她吓出了一身冷汗。好在她的身体是绑

在上面的。也只有电工才能有这个能力。她不由得看了一眼丈夫。当时他把老婆绑好了，才去管自己的。此刻，黄灿生的眼睛一直盯着下面，他看得非常认真，像是在仔细地认人。她知道，他在苦苦地等着与老板的那一次对话。

她不敢向下面看。如果看，也就是看一两眼，地面会让她头晕，弄不好，也许会摔成粉身碎骨。

黄灿生告诉过她，一定要看远处，什么时候，远处都比近处美。

下面开始嘈杂起来，最后声音越来越大，终于，黄灿生的眼睛发亮了。

女人盯着男人，声音发怯，问："是不是老板来了？"

男人说："不是。"

女人追着问："那是谁？"

"是一个管事的，我在厂里的电视上见过他。"黄灿生底气十足地回答。

女人有些泄气，说："他们来管什么用，也不能给咱钱。"

男人说："这你就傻了吧。他们来了，更好，他是管老板的。"

女的听了没吭气，她还是没怎么听懂丈夫的话。

"哈哈，还来了一堆呢。"

"怎么回事？"女的问，眼睛仍不敢看下面。

"很多人呗。这回就绝对不是什么过路人了，他们用绳子把这个地方围了起来。"

直到警笛响起，两个人都感到了电线杆的颤动，杜小娟吓得闭上了眼睛，一双手抱住了水泥柱。黄灿生腿也软了，只是他不想让老婆看出他的腿已经发抖。他知道事情被自己闹大了。

意外的是警车只响了一声就再没有动静，但是人却围得越来越多了，还有一辆医院用的救护车。

除了几个打电话的，所有的人都仰起头向上看。杜小娟这个时候很佩服丈夫的风度，他竟然表现得连一点儿慌乱都没有，虽然男人的脸色越来越苍白。

男人看了一会儿地面之后，用手指着西边，说："没骗你吧，你看，晚霞出来了。"

"真的跟家里的一模一样。"杜小娟用发抖的声音说，她不想给丈夫压力。

上来之前，女人曾经动摇。男人说："大不了，当成看一下晚霞。"

"你说我们要是有一个望远镜，能不能看到咱家的房子呢？"

杜小娟说："看什么看，还不是最破的，人家张国强家里的早就盖好了。"张国强是男人初中的同学，当时他们是一起出来打工的。

男人沉默了。

女人觉得自己说错了话，要是平时她就会踢一脚男人，算是赔个不是，男的马上就会好了。可是现在他们在五层楼那么高的半空中，两个人的脚还有些距离。

男的说："你知不知道为什么警车只叫了一声呢？"

"不知道。"杜小娟说。

"跟你说吧，他们怕吓着了我们，他们怕我们掉下去，这就说明他们非常在乎我们的生命。"

听到"生命"这两个字，杜小娟浑身一颤，她的眼眶发热，喉咙开始痛了。

男的显然也看到女人的表情，说："你别这样啊，我们还没开始呢。千万别心软。我们找老板投诉的时候，他们的同情心又在哪儿，总是躲着不见人。要是爱惜你的命，那些医生会见你花光了钱就让你出院吗，你看看自己的手吧，就是治好了，也不能拿出来见人了。"

杜小娟又想流泪，突然就听见半空中男人一声长叹，这样的叹息吓得女人把眼泪吞咽了回去。

是杜小娟发现有人在自己这根电线杆上面的，而且人也已经爬到一米多高。那人身上的装备显得无比先进，有点像超人的装扮。还有几个人在帮他整理脚上的东西。

男的很快也看到了，他迅速从脖子上拿起被拴住的一个小小喇叭，对着下面高喊："如果下面的人再动一步，我马上就跳下去！"

听见了这个声音，所有的人都停住了。下面出现了短暂的安静。随后换成了各种声音。男人看见，在混乱的声音中，准备爬上来的人被梯子接了下去。

在这期间，两个人都已经看到方才见到的男人被人簇拥着，准备和他们对话。他正举起一个白色的东西，原来是一个更加高级的喇叭。

大意是他们目前这样做是触犯什么条例，需要承担法律责任，有三个月拘留之类的话。

男人一直听着下面的人把话说完，才从容地把胸前的喇叭举起，说："既然这样，我们就不下了，反正都是死，还不如这样有意思。"

杜小娟先是手脚完全冰凉，随后发麻，身体也开始疼痛，她觉得男人这样是不对的，不分场合开玩笑，没有正经谈事情的态度，还说到了什么有意思？一不留神就会粉身碎骨，家里有老有小，这样一点儿意思也没有。

她不想说话。既然已经上来，就再也不想打击他。她在生自己的气。男人这样做当然是为了她，为了这个家。

时间不知过去了多久，他们才看见老板的身影。他风尘仆仆，像是刚从外地赶回来。也许是角度的问题，他们发现老板比平时瘦小了许多，也没有了往日的神气，甚至就连衣服也显得皱巴巴。他站在大声讲话那个男人的身后，似乎还被对方训斥了半天。训过之后，黄灿生感觉老板的腰身一下子弯曲了许多。

看着半空，发了一小会儿呆，越发瘦小的老板喝了一小口水，感觉中却像是喝了一口酒。有了胆的老板接过白色喇叭，对着黑暗的上空喊出一句："亲爱的灿生兄弟、小娟妹妹！"

听了这一句，两个人都吓了一跳，随后是明显的不自在，长这么大，从来没有人这样称呼过他们，就连彼此也没有这样称呼过。

乱了手脚不说，两个人喘气也有些困难，甚至不好意思再说话，甚至彼此都不敢看一眼，直到地面再次响起说话声。

老板把句子拉得很长，他诚恳地检讨："实在对不起了，忙忙碌碌，一直都在处理一些难缠的事情，包括官司，其实正准备安排时间去看你们呢，只要下来，什么事儿都可以商量。"

"商量什么，你说会兑现吗？"女人的声音有些犹豫不决，显然缺少谈判经验。

男人没回答。

"干脆让他把答应的东西写下来。"女人说。

借着路灯，女人看见男人向她伸出大拇指，说："你真是聪明。"

女人长这么大从来没有得到过这样的表扬，倒是经常听到拉长骂她蠢，包括手被压伤的那一刻，拉长还在骂她没脑子，蠢猪。

接下来，更让她想不到的是，眼前突然出现了一支瘦小的玫瑰。是男人递过来的。随后递来的是块闪闪发

光的朱古力，杜小娟在电视上见过，尽管只有橡皮那
么小。

杜小娟的身体像是被灌满了糖水，她一度忘记了男
人的态度，她甚至忘记了自己此刻在哪。

直到过了一分多钟，她才有些不好意思地说："本来
就穷，你又浪费钱了，我又不饿。"她猜测男人是怕她在
上面害怕，事先就准备好的。

"什么不饿，我看见你见人家拿出盒饭，就流口水
了。快吃吧，只有这样我们才有力气下去呢。"

"你是说我们还要下去啊。"女人脸颊泛红，瞪着男
人，表情怪异。

"废话啊，我看你是傻了。我们当然要下去，上来
就是为了体面地下去。"

女人的确饿了。可是她不可能舍得吃掉，要知道她
从来没有收到过这样的东西。此刻，她伸出手，去接，
手碰到了男人，像是触电。躲了一下，却被男人捉住
了。她像是一个未经世事的小女孩，很是扭捏。抓好了
东西，手立刻收回，笑也不敢面对男人。女人笑的时
候，故意让自己的下巴微微翘起。她知道，男人一直喜
欢女人这个神态。

　　为了掩饰刚才的一幕,她装出心硬,对自己男人说:"趁着他们现在这样,我们不如把小四的钱也要回来。"小四是他们的同乡,半年前被炒了,临走前还有两个月的工资没拿回来。

　　"别管那闲事了,能把咱自己的要回来已经不容易。"

　　老板一直在说话,不知何时他竟然对着夜空讲出自己的身世,包括如何从一个穷小子靠给人家做苦力才有了现在等等。两个人都感觉到,老板最后有些哽咽的声音在夜里传得很远、很远。

　　此刻,老板对着矿泉水瓶嘴又喝了一口之后,向着半空中的两个人说:"天这么冷,你们一定饿了,也渴了,早点儿下来,也吃点儿东西。"

　　黄灿生的声音也哑了,他对着下面说:"如果下去,一定要把工钱补回来,手还要治,治好为止,决不能因为这个事炒人。"

　　"怎么会啊,兄弟,你下来吧,你们跟着我创业,我怎么舍得呢,我要把你当成兄弟姐妹。"由下而上的声音,一下子灌满了两个人,瞬间变成了温暖的水,荡漾在两个人身体的内部。

杜小娟说："求求你，别再逼人家了，你好好想一想，我们做的也不全对，要是多学一些安全常识，做好防护，怎么会出现这种事呢。"

她清楚地看见男人身子晃动了一下，眼圈发红。

男人没说话。风很大，两个人的衣服被打透了。

晚霞早已经没了，天空像是黑锅一样盖在头顶，她看着远处，尽管那里是黑麻麻的，可是她知道那里很美，只是暂时被藏在了云层里。

他们看见很多人在吃盒饭，有两对男女累得靠在一起，那是工作人员。

听见了吵架，是两个扛摄像机和照相机的工作人员。高个子男人带着一帮人也从车里跑出来。场面显得有些混乱。

看着下面的混乱，男的女的仿佛成了局外人，可是他们感到了某种不安。

接下来，就是意想不到的事情。那是两个人同时发现的。先是看见孩子，那一刻，杜小娟手上的玫瑰和朱古力同时坠落，无声无息。黄灿生感觉老婆的眼睛也一起追了下去。

玫瑰跌到一片银灰色中间。那是早就铺好的气垫，记得有人在下面铺的时候，杜小娟还说了一句，我们要是有那样的一个床有多好啊。

男人还曾经调侃："你就爱想美事，要是在那样的地方，你这种穷人保准会失眠，连做那个事也不会了。"

"看来看去，你就是一个穷命。"杜小娟当时认为丈夫太过小看了自己。

立在风中的还有矮小许多的父亲。

此刻，男人抱着泥柱子，额上流出了汗。杜小娟怕了，从来男人都是最勇敢的，这样的神态，她还是第一次看到。

终于，男人听到父亲在喇叭里面说话，父亲举着喇叭的姿势是那么笨拙。可是他的声音细小、微弱，什么也听不见。

直到看见有人站在孩子身边指指点点，男人才真正慌了。他担心有人会为难儿子。到时候，儿子一定会吓着，儿子从来就那么胆小。

黄灿生迅速举起身上的喇叭，对着地面上的孩子说："千万别害怕，我和你妈没事，就是上来看一看，这里能看很远。因为远处的风景，特别美。"

他最怕儿子的哭叫，如果那样，他一定受不了。

想不到儿子也举起了喇叭，对着半空中说："我坐过汽车啦，我的同学谁也没有坐过。在车上我还吃了苹果，喝了牛奶，是老板伯伯买的。"

儿子才十岁，黄灿生却听出儿子的声音已经发生了很大的变化。儿子的普通话说得真好听啊。

想不到，父亲抢过了话筒，这一次的声音很大，黄灿生听得清楚："是啊，是啊，可惜村里人没人看见。"

到了最后，父亲的声音竟然显得兴奋，他说："老板说要认他做干儿子呢，老板家没有男孩。他们一定会对他好的。这可是咱们家的大喜事啊，你要谢谢人家啊。"

下去之前，女人一直想告诉男人，虽然他只会弹两句，可是很好听。

落地那一刻，女人的表现完全失常，她像是不认识公公和儿子，而只想看看跌在气垫上面的玫瑰是否还完整。

如果不是被迅速推进车里，黄灿生很想多看一眼儿子。儿子长高了，嘴角下垂，一身崭新的运动服使他的样子变化很大。这让黄灿生放弃了拥抱的想法。此刻，儿子的手里捧着一款最新的电子游戏机，他正陌生地看着几年未见的父亲黄灿生。

儿子手上的那种东西，黄灿生并不陌生，是自己厂里的产品。流水线作业，杜小娟和黄灿生在各自的拉里，负责此产品的某个螺丝的安放和管线焊接，经历全部工序之后才算是成型，最后打包运送国外。黄灿生第一次在儿子手中看见了完整的。

儿子原地未动，身体向后靠着。他的一只小手抓住老板那只肥厚的大手，紧紧不放。老板的一张脸写满了慈爱，看得出那是发自内心的。

儿子当然想不到，有一瞬间，作为父亲的黄灿生，刚刚转过身子，再也控制不住泪流满面。

「租客孙采莲」

1

虽然已快到中秋，可天还是闷热，没有风。树上的毛毛虫被晒得打了卷，掉在地上，变成一个个沉甸甸的小黑球，不能动弹。就在红星村所有物件都被晒软的时候，奶奶说出了这样的话："去深圳找你爸，让他早点儿回家。"

燕燕明白奶奶的话和出租屋有关。

事情发生在早晨。当时，奶奶与燕燕的妈妈孙采莲说话了。这算是孙采莲回家之后，婆媳的首次正面交锋。起因是孙采莲准备把空出的那间房租出去。

母亲的名字叫孙采莲，她曾在深圳待了三年。她离家的时候燕燕还小，再回红星村燕燕已经六岁了。之前孙采莲没有一丝愿意回来的意思，尽管燕燕的父亲一次次催促她，先是说庄稼地荒了，她的回答是，"荒了就荒了，反正种地也不可能赚到什么钱"。她用的是普通话，连音调似乎都显出不同。燕燕的父亲甚至觉得电话那端的人根本不是自己老婆。听得出，她是在路边的小店打的电话，汽车声、用粤语问香烟价格的声音都听得清清楚楚。

父亲用孩子需要管教来劝孙采莲时，电话那边突然没了声。如果不是听见货柜车轰轰的声音，还有路上行人的说话，燕燕的父亲以为电话断了线。他又连续"喂喂"了两次，孙采莲才把喘气声传过来。燕燕的父亲可以想得到老婆的样子。因为孩子，孙采莲心冷过，也恨过他。其实他们之前也有出去打工的计划，只是想再多生个才走。想不到，乡里得了消息，来到家里抓孙采莲去做结扎。不做也成，只是必须交够了罚款。孙采莲死活不去，家里又拿不出钱。燕燕的爸爸最后也来央求孙采莲，说："不然就去做吧。"听了这句，孙采莲才生气，觉得丈夫不仅窝囊，而且还自私。毕竟她还年轻，如果没了生育能力，万一婚姻出问题，后路都没有。她连夜坐车，辗转了几次，到了深圳。想到最后连吃饭的钱都没有，就恨丈夫、恨婆婆。

孙采莲的回答是："孩子怎么了，大了就大了，有什么了不起，你不管，她也会大的。"这句话，让燕燕的父亲想了两天两夜，他不确定老婆到底是什么意思。他不喜欢用这种很哲学的方式说话。他只接受，"吃饭了吗"。

回答应该是，"吃了"或是"还没吃"。这是红星村几百年的习惯，可到了现在，都改了，改成"回来了"或"还没走啊"。红星人总是行进在路上。

每次接孙采莲电话，全家人都好像被带到深圳大街。电话挂断后，红星村显得更加空旷、寂静。当然，这次是他们夫妻最后一次通电话。燕燕的母亲回来没多久，父亲就离开了红星村，据说也是去深圳打工，还有人说是去找人算账。总之没人说得清，也许只有奶奶才知道他怎么想的。

和村里其他孩子一样，燕燕的父亲也去了深圳。被人问到父亲的时候，他们的眼睛就会望向远处，据说那是深圳的方向。白天，看不见什么，到了晚上才会看见那个传说中的红点。天气不好，红点也会消失。那样的时候，有的人会发愁，因为失去了方向感。

据说很多人都去过深圳，在各家的摆设里就可以看到。比如各家门上糊着的《深圳特区报》《深圳商报》。《深圳画报》要高级些，如同年画一般，出现在很多人家的窗户和正面的墙壁上面。女人用的丝袜和吃过的公仔面包装袋招摇得到处都是。尽管这类东西小卖店有时也能看到，可多数都没有"深圳"字样。许多家需要的就是"深圳"这两个字，哪怕是丢出去的垃圾也好。小孩子的衣服上如果也有了这两个字，洗完之后必然会被悬挂得高过杖子或围墙，目的是让外人知道这户人家有人在深圳打工。无人出门打工的人家，通常不被人看得起，甚至家里的老人和孩子也都抬不起头。

燕燕的父母都没有上过中学。孙采莲去深圳之前，和丈夫还有共同语言。深圳回来之后，她不仅与丈夫没话讲，与谁都没了话讲。在村里人还没有思想准备的情况下，她突然间成了另外一个女人。当然出去的人都有了变化，尤其是女人，在着装、说话上尤其明显。孙采莲的变化应该最大。变化之一也是装束，虽然只是把浅黄并枯燥的头发胡乱地散在脑后，整个的脸型却变了。主要是消瘦，两边的腮塌陷下去，两条腿之间出现巨大缝隙，整个身体像是一棵稻草，随时随地要迎风倒下。回来之后，除了吃饭，大小便，她再也不愿意从床上起来。

用奶奶的话说是她得了女人的脏病，不能生儿子了，不然男人怎么那么快就走了呢，显然连盼头都没剩下。

奶奶的话太深奥，有时对着月亮说，有时对着正在剥蒜或剁鸡食的燕燕说。燕燕听不懂，也不打算听懂。她咕噜了一声算作回答，因为嘴里正放着一颗糖，那是妈妈从深圳带回来的，糖纸被她抚平贴在了窗户上面。受了这些话的影响，她开始暗中观察母亲，即使奶奶不悦，她也会去。母亲房间里那种浓烈的香气和那些花花绿绿的东西，比如黑色的胸罩，带眼的内裤，还有两条鲜艳的塑料项链，都吸引着她。燕燕注意过母亲，不穿胸衣时看不出有胸，穿上的时候，上半身长出两个巨大的面包，把两条细腿显得无比可怜。燕燕是透过门缝或是斜着眼睛看见的。真正吸引燕燕的东西当然还是那只红色的手机。妈妈总是躲在房里看它，好像那里面有许多人许多事一样。看着看着会笑，有时还会流泪。任何时候她都把它放在身上。虽然从来没有让燕燕玩过，燕燕总是能够准确知道它藏身在孙采莲身体的哪个位置，有时在文胸里，有时则放在裤子前面的口袋里，那是她特意缝的，用来装钱和重要物品。燕燕很想亲近她。平时只有在电视上见过那东西。真正的手机，她从没有近距离看过。当然村里也有人使用，只是人家不会拿给燕燕。

孙采莲的手机刚开始也响过一次，好像是个男人打来的，只讲了一句，孙采莲就涨红了脸，刚说了句"我是孙采莲"，对方就收了线，手机再也没有响过。

继续观察孙采莲，燕燕被吓住了，孙采莲竟然光着身子睡觉，光着身子到地上取东西，还有时就这样在地上走几圈，学着电视里那些女人，嘴上涂着鲜艳的红色，而眼皮上面发着银光。她对着镜子端详自己，上上下下，前前后后，没完没了。细看才发现她手中还有一支点着的香烟。她用两只干细的手指夹着，有时又坐在床上吐着烟圈。只是每次烟圈都不成样子，如同烟囱里面鼓出的那种，黑压压，盘旋在脸上和头发上。

也许早发现了燕燕，她连眼皮都没抬，就喊了句"进来吧"。父亲走了以后，没有人敢过来。此刻她已经穿好了衣服。

她用普通话说，"总是鬼鬼祟祟"。这是燕燕第一次听到母亲说出这么好听的句子。看见燕燕还站在门口，手脚缩在了身子后面，她冷着脸，招了手，说："进来，把门带上。"

见燕燕怯怯地移到了床前，她又变得和蔼，说："你是不是想看手机啊！"说完，笑着去看自己留长的指甲。那上面是深红色。红色的手指伸向了被窝，摸出那只被燕燕远远见过许多次的宝物。她在燕燕的眼前晃了下，说："看一眼就行了，还要还给人家呢，弄坏了我可赔不起。"见燕燕不说话，她又安慰道："别急，反正大了你也会去深圳，到时就有了。那地方真好啊。"说最后一句时，她的眼睛闪着光。

再有一次，她对燕燕说："在深圳的时候，我总能吃到烧鹅、肠粉、香蕉，还有可乐和雪碧。"看着燕燕羡慕的神情，她又继续道："不过我和其他人不同，我不喜欢可乐，那东西总是让人打嗝，让客人听见了会不好意思。可乐煲姜可以治感冒，非常见效，当然这些都是小儿科啦，我最喜欢吃的还是肠粉，那是深圳最好吃的食物。外面一层是白白细细的皮，透明，滑溜溜，里面的肉和菜全能看见，真香啊。"

说这话的时候，燕燕看见母亲干瘦的脖子中间滚动了两次，她不仅听见自己的肚子瞬间大叫，也听见了母亲那里发出的"咕咕"声。母亲显得有点儿不好意思，从身后扯出半截被子压在上面。还有一次，燕燕见到孙采莲胸前有几个黑黑的点子。

见到燕燕眼睛盯着那地方，她突然抓了燕燕的一只手，发着狠向里拉。"你是不是也想摸摸这里啊，你摸你摸。"听了这句，吓得燕燕赶紧缩回了手。

她幽幽地说："是烟头，深圳人干的。"样子已与刚才完全不同，她重新恢复了先前的慢条斯理和傲慢，从枕头下面摸出烟，抽出一支，点上。像是说别人的事情，她眼睛轻飘飘地看着窗外，说："这颗是你爸那死鬼烫的，怕我再回深圳，把我身份证也偷走了。以为我会听他的话么，想得美。我才不理他。你要明白，他始终是个没用的男人，窝囊、没钱，还没骨气。等我攒够了钱，办了身份证，就回去，谁也管不了我。"她把这句话说得坚决而又肯定。随后，对着镜子吐出一个烟圈，可惜还是没成功，反倒被熏得咳嗽起来。

就这样，她差不多在房子里待了两个多月。

再起床的时候，是个清晨，天刚蒙蒙亮。孙采莲如同变了一个人，枯黄、稀少的头发用个皮筋束在脑后，裤脚也卷了起来，露出两只农村女人才有的大脚。她光着脚，在地上走来走去，手上拎着两块浸湿的抹布和一条细长的绳子，又变回一个农村妇女。奶奶兴奋地喘了粗气，以为自己在不久前的祷告终于起了作用。赚钱之外，孙采莲真正的心思却没有人猜得到。她喜欢"出租"这两个字，这两个字，让她觉得又回到了深圳。想到深圳，孙采莲身子有了劲儿，眼睛有了神。

厢房在燕燕和奶奶这间对面，摆放着种子和锄头、铁锹、咸菜缸之类，还有一张不知猴年马月的铁床。花了整个上午，她除了把里面的东西归了类，做了清理，到了上午十一点多，玻璃也被擦拭得干干净净。做完这些，她似乎想起什么，跑回房里，从箱子深处翻出一条浅粉色床单，铺在厢房的铁床上面。

床单是她结婚时奶奶在供销社买回来的。现在，这一切都在奶奶的眼里。她站在灶间，冷冷地看着这一切，说："弄成这样，不会是你想去住吧？"

"是啊，我住怎么了，这房子还是我打工赚钱修的呢。"孙采莲挑衅着。当年，她把钱寄回来，多数都用于家里修房、买化肥。此刻她忙碌的脚步并不停下，她还要把厢房里面原来存放的各种东西搬到别处。

奶奶也不生气，手扶着墙，说："行行，你搬到外面住我也不管。"

"你管得着吗?"孙采莲扬了下巴,嘴里咕噜出一句。说话的同时,她把一小块胶合板放到灶台上,拿出一只沾了墨水的木棍用力写下两个歪歪扭扭的大字:"出租"。看到这两个字,她感到亲,仿佛又回到深圳。在深圳,她就住在那样的出租房里。整整一条街,有很多写着"出租"的房子。街的尽头是她工作的地方,到了晚上,整条街都能听到音乐。进进出出的人化了妆,与白天的神情完全不同,像是别个世界的人。孙采莲喜欢这种感觉。所有的一切,像是做梦一样,包括吃饭,睡觉,工作都显得不真实。每晚下班回来,借着昏暗的路灯,她看见自己的影子,长长斜斜路过各种出租屋,最后回到自己那间。想到这儿,她酸了鼻子,拎着两枚生锈的铁钉和锤子,正要踏上依墙而立的那架梯子,这时,她见到了陈成。

陈成脸上带着阳光,被孙采莲手中的那两个字吸了过来。他是红星村的深圳通,方圆百里,许多人都知道他的大名,据说很多人去深圳之前都要向他讨教。陈成倒也和气,从来都是有问必答,有时还会把有关深圳的书借给人看,或是拿些香港生产的利是饼干、糖果给老人、孩子们吃。他还会讲些广东话，比如有没搞错，你吃饭未，称父母为老豆、老猫等。可惜此公的父母早已不在人世，听不见儿子的广式叫法。听他这样说话的人都是张大了嘴，一脸羡慕。这一年陈成刚好三十二岁。他最大的爱好就是与些小媳妇们闹着玩，被他眼睛盯过的女人们总会在晚上想起他。

见到陈成，孙采莲原本硬硬的脸变了，腰也突然细瘦了许多，就连脚上也不知从哪儿挂了双拖鞋，把原来那两只大脚板收藏起来。她的笑意挤在嘴角，腮上，眼里，身子就已经软了、发烫，每根汗毛都表达着对来者的恭候。她早就知道陈成，陈成也早知道她。他们都是红星村当之无愧的名人。只是当年她嫁过来的时候，陈成离开了村子据说去了深圳。彼此从没有机会遇见，更没机会说话。

女人的变化，被陈成全部见到。可陈成见到了却像没见，眼睛根本不看孙采莲。他笑眯眯地过来，与站在孙采莲不远处的燕燕奶奶打着招呼，询问庄稼、青菜之类。

奶奶的眼睛一直看着菜地，没有搭理陈成，她在心里冷笑："一个懒汉，连五谷都分不清的人，还好意思问田里的事儿。"见奶奶不理他，他又过来摸燕燕的头，也被燕燕躲开了。虽然他的手变得没了着落，却也不难堪、不尴尬，索性背了手，显得腰身又挺拔了许多。嘴上倒还是没有停止与奶奶的说话，这次，他问的是燕燕爸爸什么时候回来。

这下奶奶才变了脸，抖着声音说："快了快了，说回就回。"

"不会吧，深圳在广东呢，离香港维多利亚很近，那么远，可不是想回就回的。"他笑着说。

孙采莲呢，不说一句话，只把眼睛黏在了陈成的脸上。不知何时有了一把瓜子在手上飞舞。直到细瘦的瓜子皮差点儿飞到陈成的左脸上面，陈成才停下自己的左右环顾，而把一双细而长的眼睛全部罩在了孙采莲脸上。只一眼，孙采莲就已经变得波光四溢、光彩照人了。

陈成从身后变出一本杂志，变换出另种语调对孙采莲说："上次去深圳世界之窗、海上世界带回来的，等你有空再看，也不知你喜不喜欢看这种东西。"

孙采莲以为又是传说中那些，比如报纸、录像带之类，想不到是本更加要命的香港杂志。大开本，厚厚

的，封面是香港女演员张柏芝。只见了两张图片，孙采
莲的心就要顺着喉咙口跳出。

孙采莲乱了方寸，手脚不知放在哪儿。好在陈成沉
稳，不把孙采莲的慌乱当回事，而是迈着他的八字脚，
在院子里来回挪动，停下不走的时候，就会扶着墙与孙
采莲说些高深莫测的话题，不过基本上属于自问自答。
比如深圳楼市为何下跌，二线关能不能撤掉，蓝印户
口、边防证还有什么用，深圳的优势还在不在之类。不
知过了多久，燕燕看见孙采莲和陈成各自的脸上已经有
了一层细细的水珠。

牌子被悬挂在了房檐的右上角，是陈成扶着梯子，
而母亲娇喘着爬上去的，伴随着奶奶的气喘，这美景，
在中午时分被定格在红星村的半空中。这是红星村有史
以来第一间出租屋。尽管村里也有把房子给外人住的，
可都是亲戚，不用交钱，性质不同。也正是因为这件
事，孙采莲一家的地位直线上升。与其他人家的小打小
闹完全拉开了距离。这也正是陈成拉近与孙采莲距离的
主要原因。

听了陈成的话，奶奶脸上掠过一丝不易察觉的微
笑，说："去找你爸回来，去吧。"虽然她只对着燕燕一

个人，却把声音传得很远。

孙采莲的一只手不仅没有停止向嘴里输送葵花子，还能微笑着打量那块闪着金光的木牌说："怎么还不去呀，快去吧，可别误了去深圳的时间哟。"谁都听得出，她故意把最后的一句说得特别浪。

"贱！又想去找野男人了。"奶奶把这句话与口水和在一起，吐在地上。

孙采莲的身子似乎拥有了无穷无尽的力量，她对着空无一人的院子喊："去就去，你以为我会怕么？"叫完这句，她狠狠地摔掉了手中的瓜子，扭着自己窄小的臀部，回到屋里，收拾了两件衣报，头也没回出了门，对着陈成离去的方向。

奶奶揪住燕燕的手臂，脸对着天空，问："那上面写的是什么？"她的眼神总是对不准那轻轻晃动的牌子。

看见燕燕摇着头说不知道，奶奶又跟跄着瘦小的身体，隔着木杖，去问隔壁正在摘豆角的人："那脏女人是不是要卖我的祖屋啊？"

邻居吓得摇着头走远了。

也就是说，这个早晨吵完架后，奶奶交了任务给燕燕，让她去深圳把爸爸找回家。

天刚刚亮，燕燕揣着奶奶交给她的十元钱和一张纸条，隆重地出门了。奶奶说："别听他们瞎说，深圳不远，下了车，你把条子拿给大人们看，他们会告诉你怎么走。"

她坐的是辆拉木材的马车，是奶奶联系并把她送上车的。同伴中还有几个外村的妇女，她们各自手上都提着东西，有的是鸡蛋，有的是猪肉，样子像是去县城卖东西或走亲戚。也许因为四周没有栏杆，两匹马刚刚跑动，燕燕已开始发抖，她并不知道这就是恐高症。见到树木也向后倒去时，她的身体已经软得要化掉，如同一摊泥水。紧接着，胃里翻江倒海，下半身成了冰块，失去了知觉。快到那座大桥时，连自己也没想到，她竟然哇哇大哭起来。以为有人会注意她，得到些语言或动作上的安慰，想不到，车上的人只是看了看她，又继续着她们的聊天，而无人理她。这时燕燕已经不知从哪里获得了力气，她没有通知车夫和任何人，身体慢慢移向了车尾部。就在马车刚刚准备驶向大桥的瞬间，她让自己掉在了地上，感觉身子突然变成了几瓣，每一瓣都在各自喘息。她想爬起，却早没了力气，眼前全是太阳、星星。躺在地上，直到看见马车并没停下等她，而是继续

向前跑着，她才不觉得疼了，反倒有了种麻酥酥的
踏实。

　　燕燕心惊肉跳回到家，以为奶奶会打她，因为，光
找马车，奶奶就送给车夫一碗猪油。想不到，奶奶已不
能动弹而只能躺在床上。那块写着出租的牌子被一阵风
刮到了地上，奶奶从床上跳下，跑了过去，虽然只是狠
狠踢了一脚，便扭了腰骨。

　　总之，村里有风了。

2

　　出租的牌子挂上去之后，引了很多人过来看，也聚
了不少织毛衣说闲话的男人女人们，甚至人们一时间忘
记了远处有个红点的事情。当然也有人一边看红点的方
向，一边观看出租屋，就连红星人也盼着房客早日
出现。

　　终于，在第二十三天之后，人们等得已经疲倦的时
候，终于来了房客。

　　此人曾经住过隔壁村。有人说他走了好几个村，搬

来搬去，目的只有一个，那就是讨老婆。不知是不是因为他长得黑，笑起来并不发出任何声音，又留了两撮胡子的原因，无论他怎么说自己年轻，可村里人还是叫他老孟。燕燕的奶奶总是在他背后就叫他盲流，老光棍。也许总是没人说话，燕燕对这个老孟有着说不清的好感，经常有事儿没事儿跑过去，站在门槛上看老孟。看老孟修理胡子，看老孟拔鼻毛，看老孟照镜子，看老孟吃饭，看老孟碗上落了苍蝇，最后她看见老孟恼羞成怒拿着一条又黑又脏的毛巾追赶着来打。追到门口，看见了燕燕他才不追，他又是无声地笑，总之他的样子有点让燕燕着迷。

就这样，燕燕每天都要站在门槛上看一会儿老孟。于是她知道对方是个单身。钻石王老五是城里人的说法。在城里这是聪明人或是身份的象征，而在农村却让人心烦并抬不起头，因为大家都有老婆而你没有，有些令人难堪。

燕燕终于等到了老孟相亲。女人是红星村东头的一个寡妇，人长得还不错，丈夫在前年生病死了，带着一个四岁的女孩。老孟样子殷勤，做作，让人看了不习惯。他说自己不仅会种地，还会木工、瓦工，也就是说他会做家具和泥水工。说自己早些年靠这些技术去深圳赚了点儿，足够孩子上学用了。说这话时，他的眼睛瞧着女人身边那个孩子。显然，他很满意。

老孟说他会木工、瓦工，谁信呢，上次房顶漏水，还是燕燕的母亲上房去修的。当然，他不修也是对的，毕竟他每个月都要拿出七十元交给孙采莲作为房租。

最起码老孟连个妇女都不如，却厚着脸说自己是什么什么的，连燕燕也觉得对方有点不知天南地北。他在胡编乱造的慌乱和亢奋中竟然让孙采莲再烧壶开水，燕燕的母亲孙采莲先是一愣，然后不仅没生气，反倒笑着进了厨房，除了烧开水，还在水里放了一小块冰糖。

后来，老孟连家里的其他活也指使孙采莲去做，像老太爷一样神气。有时他竟然还敢让燕燕的母亲帮他捶背，不过都是关着门，当然可能也是怕人家笑话他一天到晚的就知道享受而不干农活。虽然只见过一次，燕燕就有些不舒服，这不明摆着是欺负人吗？一个房客竟然让房东捶背。最奇怪的是燕燕的母亲这回变得不像房东，而像个欠了人家钱的主儿。

相亲并没成功，孙采莲却得了点儿小钱。她用这笔小钱为出租屋安了窗帘，还为自己添了双凉鞋，余下的存了起来。后来的几次相亲也都没有成功，但孙采莲都得了实惠。没人知道老孟挑什么，就凭他长得那个样儿那把年纪。村里也有人说，没成的原因在孙采莲，她想花光老孟身上那些钱，毕竟在深圳她大手大脚惯了。

不久，老孟终于结婚了。听说是城里的一个假姑娘。什么是假姑娘？燕燕不知道。反正燕燕见到了这个女人。这是一个年画中的人，皮肤像面粉一样光滑，手指长长的如同园子里的小葱。老孟这是怎么了，他怎么一下子这么走运呢？城里的姑娘怎么会嫁给一个农村人呢，燕燕也想不明白。直到听说是个没人要的货，燕燕才明白，因为这句话奶奶经常用来骂燕燕的母亲——孙采莲。

老孟心里大概乐开了花，不然不会走路一颠一颠，连胡子也刮掉了。他每天翘着个二郎腿，坐在院子里喝茶，手上还掐着一支烟。这个样子让很多人接受不了。据说男人们已经想合伙揍他了。人家累死累活地干活，而他的活儿就好像是一天到晚看女人。要知道，他连房子还没呢。想到房子，村里人有些困惑，发现与租房这种事连在一起的人才像是有本事。

也有人说，这小子讨好起女人来还真有一套，据有的人说，这个老孟每天都给老婆洗脚、做饭，说不准还做什么呢。谁也不敢去问老孟的老婆，只是盼望她出门，想看见她被宠坏的神情，还想看看老孟女人的肚子。

终于有人看见老孟的老婆了，叹着气说："老孟为了把这些年耽误的时间夺回来，也不顾老婆的身体，一天到晚折腾，那女人早已经没有以前那么水灵了。"

作为房东，燕燕的母亲非常关心老孟老婆的身体，她经常做了糖水或稀饭，偷偷端给那女人吃。老孟不在时，还会帮这个女人做些简单的家务。

也许是怕了老孟的折腾，老孟的老婆经常回娘家，把老孟留在出租屋。比起过去，老孟更喜欢喝酒，有时还有一小碟炒花生。这本来是燕燕自己家留着过年的。她听老孟抱怨过，说这东西放太久了，有股焐巴味。每次喝了酒，老孟就想哭，他拖着哭腔说："好姐姐呀，我老孟找的是个假姑娘你知道吗？她怀的不是我的种啊。这证明她做过婊子，是个贱货，我抬不起头，我老孟不是一个男人呀！"

"大姐明白，你是这个命，认了吧。大家都认命了。你看大姐我现在，从深圳打工赚了钱盖了这间房子，最后连租房子还要看别人的脸呢。"说完，她看了一眼门外。

怎么会有老孟的声音呢，这是在哪儿。燕燕太困了，刚想再睡回去，耳朵突然被揪疼了。是奶奶，她眯着眼睛盯着外屋，说："听着，你明天就去深圳找爸爸，把这些话都告诉他。"

燕燕头脑昏沉，点了头，又睡着了。

开始有明眼的人看见老孟的老婆脸上有被抓过的印子，听见老孟一天到晚骂骂咧咧，似乎有人让他吃了个大亏，花钱讨的老婆却让别人领了先，吃了头道汤，而自己喝了二锅头、三锅头。这些是什么话燕燕不明白。也有人说这个老孟是个烧包，有个女人跟他就已经不错了，他还这样骂人，早晚他要吃大亏。

日子不知不觉过着。事情还是发生了。老孟老婆借回娘家之机，再也没回来。等到老孟发现已经晚了，女人把属于自己的东西全带走了，还带走了老孟所有的积蓄。

这期间燕燕已经上了小学，也有了些小伙伴，那些伙伴和她一样，多数人的父亲都去了深圳打工。燕燕的每天都过得很慢、很慢，有时候觉得太阳总是在她的头顶动也不动，那些树上的灰尘还是那么多，而地下经常可以看见一些晒得软塌塌的毛毛虫，被燕燕踢着一路上学或是回家。只是这些再也没有办法引起燕燕的兴趣了。一天到晚觉得日子过得没有什么意思，她真的希望村子或是家里面发生点儿什么。

看书的时候也是走神，走路的时候也是走神。奶奶见了就会骂："你的魂是不是也给勾走啦！"

奶奶话里有话，骂的还是燕燕的妈妈孙采莲。孙采莲从深圳又回来之后，奶奶常说，"她的魂被深圳勾走了"。

燕燕找不到可以说话的人，也找不到有趣的事。她真的有什么心里话吗，又似乎没有。她偶尔会偷偷从奶奶的铁盒子里面翻出一块高粱饴。那个盒子里面还放着两张纸条，其中有一张，连同十块钱，上次被奶奶缝在燕燕的口袋里，让她去找爸爸。偷糖的事情，每次都会被发现。奶奶会随手拿起一把扫帚或把其他的物件扔过来，嘴上还念着一句咒人的话。她有时躲到老孟的房里。这时老孟的房里已经是乱七八糟了。他没有心情收拾这些。据说他老婆回到深圳不久，生下一个男孩，甚至有人说那孩子长得像极了老孟。这个消息让老孟彻底疯狂了，他开始不断向外面跑，只要看见谁家的小孩子就会想起深圳，可每次他都是无功而返。村里也有人不安什么好心，动不动就过来说有人在深圳见过老孟老婆了，一听这话，老孟天还没亮就又出门了。老孟的日子已经乱套。这样一来，燕燕就可以安全地躺在老孟冰冷而且全是灰尘的土炕上躲避干活了。看着那个沾着灰尘的棚顶，还有窗户上满是污垢的"囍"字，燕燕竟然有些恍惚。有一次，她竟然在这个床角见到一只紫色的头夹，闪着迷人的光泽。这让她想起了远处那个红点，燕燕想，那里真的是深圳吗？

见老孟已经交不起房租，孙采莲只好把出租牌子重新挂上了房檐。没想到很快就有了新房客。

3

木匠带着孩子问路的时候，被奶奶拦下，指着"出租"两个字说房钱好商量。她觉得只有这样，才能把那个越来越可怕的老孟早点儿赶跑。

新来的房客，长了一张喜欢笑的脸，没事的时候他就笑眯眯地干着木匠活。尽管他有套崭新的工具，可是他的手艺显然不怎么样，就连直线也被他经常画歪。就是这样，他还会带着孩子出去，用他的话说，是去看看山上的木材或是找点活儿。开始的时候，笑眯眯的样子还可以，时间长了燕燕就有点儿烦。燕燕和母亲孙采莲都有些烦这家人。可人家也没有得罪你，再说，笑也不是什么罪。可是他们有什么好笑的呢。后来燕燕的奶奶也很烦了，她担心老孟随时会回来找麻烦，毕竟他还没有退房，被褥都还堆在床下。

　　燕燕出入出租屋时从不敲门。她在大人们眼神里猜到他们也是穷人，除了房租一分不少先付，就再也看不出什么本事。孙采莲对婆婆拉来的客人很不满，说："比老孟还没用，不管怎样，老孟的老婆是回了深圳，老孟也算在深圳有了亲戚，说不定他老婆哪天回心转意把老孟接走了呢。"燕燕和孙采莲一样，不喜欢这父子二人，觉得他们除了喜欢刷牙、洗手，再也没有什么特点。她会趁人不注意，在木匠儿子的头发上面撒些石灰或沙子，在房客的汤锅里偷偷吐上一大口口水，骗那个男孩吃一种叫作鸡屎藤的野草。那种草吃了就会连吐带拉折腾好几天。最可气的是，房客的男孩从来都是满不在乎，饭吃得一样香，拉完肚子后还能吃两大碗。

"北妹！北妹！"这是孙采莲从深圳带回来的一句话，也是燕燕从母亲那里学到的最时髦的东西。孙采莲说，在广东，这是骂人的话。

对于这父子二人，孙采莲无话可说，甚至有点儿泄气，她又躺回到床上。当时孙采莲正从陈成家里回来的路上，还没到门口，远远地就见了他们。这次她下了决心，不再理陈成，如果不是之前陈成给了她一瓶深圳生产的洗发水和两片面膜纸，她甚至会当着全村人的面揭露这个骗子。因为陈成说到罗湖桥、东门老街、海上世界时忍不住眉飞色舞，直到孙采莲问到华都歌舞厅，对方才没了精神。看见陈成眼里已经有了求饶，可孙采莲还是不依不饶。她最最庆幸的是没有让一个冒牌货占到便宜。

摔掉手中那本厚厚的香港书，孙采莲扬长而去。陈成这种骗子根本不配与自己讲话，走在红星村干旱的沙土路上，她觉得自己最有资格说到深圳。想到这儿，鼻子突然有些酸，耳畔有了音乐，她想念那里的夜晚，还有出租屋。

在等待中生活还是有了些不同。

有天下午，燕燕发现房客的孩子没有出过门。平时他总是过来说话，或是向她打听这儿打听那儿。比如询问菜名，或是树上昆虫的名字。他还会对着那些东西发呆，甚至说出傻话。这些都让燕燕觉得烦，那破东西有什么好看的。当然多数时间他都是被木匠带着外出找活儿。

　　这些举动，让燕燕有点儿受不了。平时这个男孩是不记仇的，即使被燕燕刚刚推了一个跟头或踹了两脚，他也只是微笑，从不抱怨，连他的父亲也不会去怪罪。用燕燕的话说就是没脸没皮。难道生病了？燕燕可从来没有听到村里谁家孩子生病，就像自己从没有生过病一样，倒是听过谁家孩子掉到河里淹死了之类。

　　快到中午，再也不能等下去了。她恨自己不争气，为什么要在意他们呢。尽管如此，一双脚还是走到了木匠房里。她真希望这段路可以长点儿，可以让矜持维持得长久些。只有几步，心却"咚咚"乱跳，踢开门的时候把自己也吓了一跳。男孩子并没有生病，而是蹲在地上对着一样东西发呆。他的屁股撅得老高，以至裤子差不多要掉下来。也正是因为他全神贯注，使他暂时忘记发出那种神秘的微笑。他正摆弄一件东西，是手机或是照相机，燕燕不能确定，只是感觉它更像个玩具。那玩具里面是一张张燕燕也熟悉的地方，比如快要没水的小河、光秃秃的南山、长满野草的坟地，还有供销社门前那些发呆的老人和孩子们。

这是个让人既兴奋又糊涂的下午。除了镜子，燕燕第一次见到了自己，矮小，脸色枯黄，头发干燥，眼睛呆滞，就连裤子也穿歪了。玩具里面有各种各样的燕燕，当然也有别人，包括奶奶的自言自语，这到底是怎么回事啊？

直到燕燕的奶奶气急败坏喊了句吃饭，燕燕才回过神。中午吃了些什么，好不好吃，她已经没有感觉，就连碗里比平时多了两块肥猪肉这样重要的事儿也没有让她高兴，与平时吃别的菜一样对待。这种心不在焉让奶奶很不满意，她用筷子敲了敲燕燕的脑门，打掉了燕燕筷子上面的肥肉，黑了脸道："是不是和你妈一样，丢魂了？"

见到那里面的自己，燕燕的确丢了魂。她身子发软，躺到了床上。也不知过了多久，才重新有了力气，她跳到了院子中间，对着出租屋大喊："快点儿给我看看，不然就别想出门！"

明明知道燕燕要什么，木匠却跟燕燕玩心眼儿，露出讨厌的一口白牙说：　"燕燕啊，你想不想吃巧克力啊？"

　　巧克力，准是甜得流水的那种嫩黄色的糖果。燕燕心里想，这要是在平时自己指不准多高兴，她喜欢吃那样的东西。可眼下这些东西已经不再重要。

　　"好甜呵！"而这个时候木匠的儿子也来了精神，说这句话的时候眉毛还特意扬了一下。

　　木匠看燕燕有点儿犹豫，又接着说话："你想吃蓝罐曲奇吗？孩子，咱不要那种东西，有电。"

　　"骗人！"燕燕大声地叫喊，"你要是不给我看，我就去告诉大人。"她又想起了手机里面那个难看的自己。那个自己让她心烦意乱、极度沮丧，出租屋带给她的优越感差不多全弄没了。

　　木匠的脸色，正变得愈加灰暗，他好像被蛇咬过似的，额上出现了很深的几条皱纹，好像胃不舒服，让他身体扭成了麻花。在木匠一系列怪表情之后，他用发着抖的手伸向一个小箱子并从里面掏出那只黑色手机，说："孩子，别看了，那东西不好玩。"

　　燕燕的手刚刚触摸到那宝物，就听见了"啪"的一声，是一记响亮的耳光。

原来做了个梦。她是被耳光的声音惊醒的。只是被打的人是母亲孙采莲。打人者老孟也。他终于弄明白，费了那么大劲儿，花了不少钱，娶回的女人是孙采莲在深圳出租屋里同住的姐妹。也就是说，来龙去脉她都清楚，显然老孟被人骗了。

4

燕燕正在剁鸭食，就见到奶奶喘着大气，从外面回来，直接走到燕燕身边说："快去吧。"听了奶奶的话，燕燕放慢了脚步，不用回头她也能确定是对着自己，而不是对墙壁或是桌子。从燕燕记事起，奶奶就喜欢自言自语，只是多数是诅咒。那样的时候，奶奶面带微笑，眼神迷离，脸颊潮红，非常瘆人。这次却不同，燕燕用余光看到奶奶的手背露出青筋，像只巨大的蜈蚣爬在床沿上。她灰色的脸庞上面，两只冰冷的眼睛并没有转动，与村东边那只流浪的黑猫越发相像。这是燕燕很早之前的发现。这个秘密，除了对着树叶上那些虫子，她谁也不敢讲。主要是她比较害怕奶奶，到了后来更可怕，每次听人家议论燕燕的母亲，奶奶的样子就会异常吓人，行为也更加怪异，尤其到了晚上，她会突然从床上坐起，发出几声可怕的叹息之后再躺下。

见燕燕还是没有缓过神，奶奶突然亮出身后的一块月饼。那是燕燕做梦都想吃的东西。奶奶看着燕燕的头点得跟鸡叨米似的，就很高兴地说："不要再去上课了，快去叫你爸回来，不然家里要出事了。"

"好！我等下就去！"这个声音好像根本就不是从燕燕的喉咙里发出来的。此刻，她心里已经只有那块月饼了，月饼好像比她的头还要大。

"你认识路吗？"奶奶问。

"认识！不就是顺着村口的大道向左走吗？我知道。"由于着急，燕燕的声音突然劈了叉，根本不像自己发出的。

"是向右，现在就走，不用多久你就见到他了，让他别耽误时间，现在就回。快去，不然天就黑了。"

"知道了。"燕燕抢着说。

"你知道什么了？你给我再说一遍。"奶奶阴着脸问。

没办法，燕燕只有再说一遍，然后踮起脚尖，从奶奶手里抢走了那块漂亮的月饼。她担心奶奶对刚刚的决定反悔。

她不知道奶奶交代了什么，也不想知道，因为口水已经流到了衣服上。也许是等待得太久，还没有想想应当怎样来计划着吃下这个美食，那东西就被自己的舌头卷了进去，并迅速洇湿，糊里糊涂进入了肚子。直到彻底吃完，燕燕才清醒，这时她想起了奶奶说的话——去深圳找爸爸。

据她所知，深圳那个地方离家很远很远，不然父亲就会经常回来，听奶奶说过要坐大半天马车才能到。那么远的地方谁能找到呢？他又是在哪间工厂打工？所有的这些都让燕燕发愁。临出门时，奶奶说："顺着红点走，就能找到。"

听见不远处学校里面传出的读书声，燕燕无比孤独。按照奶奶的意思，燕燕没去上课。她不想任何人来问她为什么不上学，这个样子被人发现一定是可疑的。她就连看到村口的大树都有点嫉妒。她觉得做一棵树有多好啊，绝对不会碰上一件这么倒霉的事。不就是迷迷糊糊吃了块即将生毛的月饼吗，就要去找爸爸。那是一个什么样的地方？记得奶奶和村里老人们经常会说，"那是个勾魂的地方。不然，那么多人去了，怎么都不想回呢。就是回了，也都变了样。回来的是胳膊、腿，心都还留在那里呢"。谁都听得出，她指的是儿媳妇孙采莲。

除了找父亲，她还能去哪里？燕燕希望村口有一辆去深圳的马车再次过来。这样的话，她就可以把口袋里的纸条拿出来，托他们捎信给他。

直到中午，才远远地见了一辆手扶拖拉机扬起一路的灰土开到村口。她看见老孟从手扶拖拉机上摇摇晃晃地下来。他像是喝了酒，不仅脸色灰白，眼睛也特别显大，有几缕头发垂在眼皮上面，总之他与平时不同。燕燕躲到树后，远远地看着样子越来越可怕的老孟。

手扶拖拉机离燕燕还有段路，燕燕就招手了。上车不久，燕燕就开始了害怕，主要是那个司机的一双眼睛不停地斜视着燕燕，还把车开得如同喝了酒，东倒西歪，像是随时会侧翻。胃已经翻江倒海。而对方的一只手正伸向燕燕。虽然可能是幻觉，可燕燕再也忍不住，肚子里的东西全部吐在了对方身上，也包括那些月饼中的青丝红丝。

为了躲开她认识的大人，燕燕慌里慌张走进一个菜园。远远地看着这家窗户上褪了色的剪纸，她发现窗框上的油漆像是一条条被油炸过的小泥鳅翘了起来。

菜秧爬在架子上，粗短的小黄瓜则悬挂在燕燕的头顶和身体两侧，散发出一种好闻的气味。她从来不知道黄瓜还会有这样香的味道，她听见肚子发出了响亮的声音。她开始了害怕。然而越是害怕肚子里的声音也就越响亮。没有办法，她弯曲了腰并捂紧了肚子，试图把这个声音压下去，可声音却越来越响亮，最后她干脆蹲下去。想不到，碰掉了架子上面的一只小黄瓜。那黄瓜不偏不斜躺在燕燕脚下。燕燕发了会儿呆才把它收进手里。弄不清是什么时候，黄瓜被一只迫不及待的大嘴当空咬下半截。要不是确信了身边没有其他人，她甚至不相信是自己咬的。这是准备到集上出售的青菜，谁家会舍得吃呢？家里吃的那些都是卖不出去的老黄瓜种，又酸又硬。就是自家的黄瓜，偷吃一两次也都会挨打，可眼下已没了半条，可怎么办啊？

发愁之际，眼里走进了一双人字拖鞋。据村里人讲，深圳人就是这样打扮，上面穿西服，脚上穿一双人字拖鞋。

鞋的主人是陈成——不久前被奶奶骂走的那个男人。

奶奶说过这个男人，也诅咒过他，那是孙采莲拿着衣服离家出走的那个早晨，她说，要是谁碰上陈成就麻烦了。显然孙采莲没有真正地碰上。不过，即使碰上也没了问题，因为不久前，两个人刚吵了一架。当时村头大树下面聚了很多人。因为出租屋，孙采莲的地位今非昔比，她成了深圳的代言人。见有人过来问深圳那边的情况，刚开始，她还表现矜持，到后来才忍不住，因为村里的高音喇叭里正播放《一剪梅》。这首歌让她浑身发抖，勾出了她的回忆。她说："深圳是个唱歌的城市，人人都会唱歌，唱得和歌星一样好。连晚上也不休息，8点就开始，一直到凌晨3点钟。一边唱一边喝酒。不过那些人喝了酒喜欢哭，四川、湖南、东北的女孩哭成一团。之前她们还为几块钱打架，扯头发呢。喝了酒就连做妈咪的也很好了，跟着抹眼泪，搂着这个又搂那个。有一次，一个客人见了，骂了句神经病，关了门走掉，妈咪也没去追。"她说这些话的时候，立在一旁的陈成也听傻了眼，发着呆。孙采莲见了，觉得时机到了。

陈成总有一些深圳的书报和小商品。有时是录像带，有时是香皂。他喜欢用深圳人的说话方式，比如说喝早茶，吃夜宵。这些话题总是能骗到一些人。燕燕的

母亲孙采莲也差点儿被骗。此刻，她冷着脸问陈成："你
是说你还去过盐田街？"陈成一脸茫然，却仍然拼命点
头，说，是啊，那地方很美，有很多美丽的和平鸽，他
故意把眼神弄得很浪漫。见了孙采莲正紧盯着他，他开
始慌乱，搓着一对手。这副样子终于惹怒孙采莲，
说："噢？看来你挺有见识啊。"孙采莲故意挑衅了。

　　对方一头雾水，不知说什么。这时孙采莲已经心中
有数，再也忍不住心中的轻蔑，道："你口口声声说去过
深圳，可你知道花都歌舞厅门前的橱窗吗，知道门口的
小店生意为什么那么好么，知道那里的花是真的还是假
的吗？你知道歌舞厅几点关门吗？哈哈，你不知道吧，
你不知道，那为什么要说自己在深圳待过呢？"见到身边
围了越来越多的人，活这么大，孙采莲从来没有像今天
这样威风过。

　　"你也不知道歌舞厅地毯什么颜色吧，更不知道一
房一厕的出租屋要多少钱吧？不要以为会了一句'做么
嘢''吃了未'就是深圳人了？我告诉你，你还差得远
着呢。"

　　陈成的小分头是用发油梳就的，这样一来，即使是
最老练的苍蝇也绝对站不稳，裤线是用菜板压了一夜才

直的。为了稳固形象，他不知花了多少钱，费了多少心。平时他对自己都是节省苛刻的，可他如此辛苦，如此努力，想不到，却败在了孙采莲这个女人手中。

此时陈成从菜园子的深处出来。"你怎么了，小姑娘？"开始的时候，两个人都怔住了，他的一只手正在系着裤子的纽扣。

显然他已经发现了燕燕手上那半只黄瓜，可他却假装什么也没看见。

"小姑娘，你不用上学吗？"其实他知道燕燕的名字，却好像不认识。

燕燕已经吓得忘记了说话，只是拼命地摇头。最难受的是手上的东西在两个人之间显得特别大。有一刻她发现它在手中膨胀，长大，如同有呼吸般，拼命要挣脱她的束缚。

男人一双细小的眼睛对着她发着亮光。他并不说话，用翘起的兰花指从肩膀边上摘下一个还带着小花的黄瓜，轻轻放在燕燕手上。

黄瓜又香又甜，吃到快没了的时候，燕燕已经躺在厢房的地上了。对陈成而言，他早就想到了报复，连牙齿都快咬碎咬烂，差不多快要疯掉了，才等到了眼下的机会。他要做件让那个女人疯掉的事情，从此再也不敢对别人的生活指手画脚，哪怕所做的事情会让自己坐牢也在所不惜。

有一缕阳光透过小窗射进来。燕燕身体的左侧是个装着鸡毛掸的瓷瓶子，上面画着两个朱红色的怪物。地上有两只老鼠在黑暗处追逐，欢快地发出尖叫。她听见不远处有人打招呼，应该是村里仅有的几个男人拿着锄头下地。一些躲在暗处的知了被日头晒得气急败坏，发出了让人耳朵不舒服的叫声。背后的地面并不平整，硌得肉疼。她还是感到了自己的累。吃了那颗糖果之后，连糖纸还没有完全折好，全身上下就没了力气，甚至连站起来也做不到。

燕燕说："你真是好人，我妈不该说你是骗子，说你根本没去过深圳呢。"

"她对谁说的，是不是村里那些人？"燕燕不明白陈成为什么开始解腰带。

"是啊。"这时她已经吃完了嘴里的糖渣，没心没肝继续着说话，"反正他们谁都不信你去过深圳。"

陈成的脸已经成了惨白，连声音也变了："是吗？也就是说，是不是谁都不信我去过深圳？"他喘了粗气，用发抖的声音说："我问你，你说我去过吗？"

"当然去过啊！""当然"是她在学校里新学的词。此时阳光正从门缝漏进一条光线，洒进燕燕的眼睛里，使她特别好看。

"那你真的信我去过？"陈成的脸突然涨红，包括脖子。很明显，他开始手脚慌乱，差点儿把身后的木箱子撞翻。

"当然相信！"燕燕回答。

还没等到燕燕把话说完，一阵晕眩就在瞬间来到，尽管燕燕脸上的笑容还没有完全退尽，陈成那双粗暴的大手已经抓住了燕燕的衣领。燕燕的头和脚被重重地拎了起来，悬在半空又被轻轻地放在了地上。

陈成拍了一下手上的灰土，轻轻叹了一口气，推开厢房的木门，回到了阳光下。

5

这一天真是太晒了，连树上的柳条也成了面条，软下来。这样的天气会让人犯困。燕燕很想跑回家里大睡一觉，但想起奶奶的眼神，又怕了。也许采野菜是个好办法。她知道奶奶很喜欢吃那种东西炒肉。于是她蹑手蹑脚溜回家，从猪圈后边拿了一个菜篮子。她最怕被狗看见，那是一个看见了她就拼命嚎叫的家伙，声音很像是哭，燕燕的母亲有一次笑眯眯地说，这条狗想让燕燕给它做老婆呢。当时，老孟还没老婆，孙采莲正和老孟谈论相亲的事。燕燕听了很烦却不能发作。奶奶很生气，她说狗这样叫是叫丧，不吉利。

　　燕燕又约了另外两个女孩。她们比燕燕小一点儿，都还没有上学。燕燕和她们跳了一会儿杖子，踢了毽子，可就这样跳着蹦着，还是心烦。她开始恨自己，嘴馋。坐在教室里多好呀，这是她第一次觉得学校好。

　　出门时天上还是好好的，没有一丝的云彩。采不到一筐的时候天上就有点儿发蓝，蜻蜓也开始多了，在燕燕的眼前撞来撞去，不觉间天空变成了灰色，再到后来就发黑了，黑得迅速，像是一口锅突然压在了头顶，天和地挨得越来越近。四周的景物全部变了样。这是燕燕没有见过的，她已经弄不清现在是晚上还是下午。

　　雨整整下了一夜，燕燕躲进了庙里。后来听村里老人说，这是几十年没有见过的大雨。听着雨声，她突然不知道自己家的方向，最后连村名也想不起来了，仿佛自己真的去找爸爸而离开了家。不知过了多久，睡梦中见到妈妈在她的面前，手上拿着香蕉和糖果，爸爸手上却拿着行李准备出门。燕燕突然记起奶奶的话，想去拦，可身子怎样也站不起来，脚很沉，手也很沉。终于，她看见一个白色的东西从房里跑了出去，一跳一跳，跳到房檐变成了"出租"两个字。那字闪着金光，越来越大，射疼了她。她慢慢睁开眼睛。这时，房里已经洒满了阳光。

跑出房门，她发现自己昨天采的野菜还在门口。随后，她看见了自己家房子上面飘浮着炊烟。很远，见到了那歪歪扭扭的两个字。只是不到两分钟，就见到了一个陌生男人，爬上梯子，摘走了那块牌子。

因为饿，似乎嗅到了一种什么味道，她放慢了脚步。这是一种她从来没有嗅到过的味道。这时，她看见一个被称作张婶的中年妇女从燕燕家中出来，还奇怪地回了两次头，表情很特别。见了燕燕，她先是吓了一跳，随后，来拉燕燕的手说："先别回家，到婶子家躲躲啊。"

村里管事的那些人都在，还有两个年轻的警察。一辆汽车闪着灯，停在不远处。她远远地看见了陈成，他挤在人群里。陈成也看见了她。他们像老朋友那样默契并互致微笑。奶奶由邻居陪着坐在厢房里。孙采莲正在接受调查。她以为被砍的是那个老孟，想不到却是木匠。当时老孟跑回来找燕燕的母亲，扯着孙采莲的头发说，如果孙采莲不嫁给她，把钱找回来，就烧了这间出租屋。

孙采莲捂着脸对老孟说："她在深圳受了好多苦，到红星村，就是想找个老实人嫁了，把孩子生下，养大，好好生活，可你不知足，打她骂她，还说了那么多伤人的话。"老孟的女人在歌舞厅做过小姐。

跑掉之前，老孟哭了，他后悔自己不懂珍惜。

奶奶使用的工具是斧头。斧头钝了也锈了，掉在过来拉架的木匠身上。虽然只是手臂擦破了点儿，流出一点点血，奶奶就吓瘫了。木匠儿子报的警。那是一个可以录像的美国产的苹果牌手机，可录像，也可做玩具。当然，木匠也并不是真正的木匠，只是当年随父亲逃荒到过红星村，大了以后，做了老板。可他做梦都还想着这个村子，在他的记忆里那是世界最美的地方。"山清水秀、民风淳朴，真正的夜不闭户啊。"至少他对儿子和手下的员工是这样描述的。受了西式教育和首富李嘉诚的启发，也是为了更好地培养儿子将来继承家业，他要让孩子得到些必要的人生历练，选择在他上学前的一个月，回到红星村，悄悄录下红星村的一草一木，带回城里，除了教育员工，也为自己参加各种聚会准备些不一样的谈资。

如果不是警察，村里人并不知道孙采莲在深圳只是歌舞厅的清洁工，负责打扫各楼层和包房的卫生。和其他姐妹一样，除了歌舞厅，她连深圳的城中村——上合街都没有出去过。深圳警方反馈回来的情况是确实有个孙采莲，但几乎没人认识她。公司规定清洁工上班时间必须戴上口罩，所以没人记得她的相貌。手机唯一显示过的来电，也是打错的。负责此案的民警是个大学生，毕业于警校，去过深圳。他笑着对搭档说："严格意义上说，孙采莲待的那个地方算不上深圳特区，准确说是二线关外的城中村，不久前那里还被称为县，发展很慢，连我们红星县城可能都不如。"

燕燕的父亲得到消息也很及时。当时他正在离家很近的县城工地上，端了饭碗看电视。被"深圳"两个字吸引，走近了去看，没想到，接下来，见了自己的家和警察。

　　老孟、陈成还有其他人都没有去过深圳，而那闪烁的红点也只是铁路上的一个信号灯。木匠向赶来的警察解释了事情的来龙去脉，还表示作为租房人，要对自己造成的影响负责，而那点儿伤根本不算什么。他的做派乱了全村人的方寸，就连人家的孩子也是那样礼貌得体，离开前向路两旁的人行了一个举手礼，并向红星村小学捐出了自己的压岁钱。只是他不知道这所学校在他们走后不久便已结束，想读书的孩子已经没几个。不过，他们并不担心未来，他们的理想只有一个，大了以后去深圳。

　　车开远了，全村人还在灰尘中站着，有人心里感慨："看看人家吧，红星人再过几辈子也都追不上。"只有燕燕的母亲显出了绝望。夜深人静的某个晚上，她发出一声杀猪似的号叫，就再也控制不住对深圳的思念。

「天 使 小 河」

1

小河从小生活在漯河下面的一个县城。她的家很特别，被列入了受资助家庭。很小的时候，小河就能接到些物品和钱，吃的用的，书包或者衣服，有些甚至还是名牌，都是从外面寄过来的。

到了十八岁，再也收不到这些。她的同学都已经陆续上了大学或者出去打工了，她突然觉得有些孤单。她只好上街了，孤单的时候，她喜欢到街上去。很多时候，她觉得马路比家好。其间去过商店的更衣室，还在书店椅子上打过盹睡过觉，天黑的时候，她踩着路牙子回到家里，内心的烦躁还是没有排解。于是，小河想到最后那个寄钱的男人。

这个男人是个捐助者，家在深圳。

男人总是喜欢问小河的学习情况，这让她有些烦。跟其他受资助的孩子一样，小河在信里称呼这个人为深圳爸爸，偶尔也会用上再生父母恩重如山之类的词。那个人不拒绝也不回应，信的落款还是写着"叔叔"两个字。小河觉得此人内心冷漠，很受伤。

她一到了网吧，便着手写信。信里说，非常想当面感谢，顺便请深圳爸爸帮忙联系去振西专修学院读书。

这所职业类学校，本来不允许深圳以外的学生报名，只是学校为了赚钱，到内地发过几次广告，被无所事事的小河看到了。发完信，小河心里有些闷，玩了会儿杀人游戏，才排解掉这些事带给她的不快。

这个人没有答应见面，解释说资助的不只是小河一个，不需要感谢，倒是对小河提到的读书很赞同，认为是很好的想法，学习一些实用的东西，将来会有用。之前，他在信里也一直强调知识的重要性。小河觉得这个男人挺神秘，也出手大方，让人浮想联翩，说不准此人无儿无女还能让她继承家业呢，想到一些电视剧的情节时，她对未来充满了幻想。表达了几次，对方都不答应。小河只好猜想对方可能形象不好，要不然便是位心血来潮的家伙，已经没钱，没资本作秀了，不然的话，为什么不见面呢。

男人问她下一步的打算，有没有想过自食其力，好好打份工，养活自己。

小河预感这个男人不想理自己了。她半夜起来，有些难受，她写了几句话，准备最后再试试运气。她说自己当年得过小儿麻痹，无钱医治，在县城连正常人都难找到一份活儿，更不要说她这样的。

男人似乎一直坐在电脑前，等着小河。电话很快打过来，怪小河为什么不早说。这是小河第一次听到这个深圳男人的声音。

小河说，因为自卑不愿意提这事。

男人缓了口气，安慰道，没事没事，这次，他对小河的称呼也变了，称呼小河为小天使。

小河愣住了，以为听错了，直到对方又叫了次，小河才相信是在叫她。

此刻，她显得扭捏，她认为这种名字都是有钱人家孩子的专利。从来没人这样称呼她。分明是讽刺她。想到这儿，她开始变得恼怒，冷冷地说，我是个瘸子，配不上这个名。说完这句，她想象男人听到这句话的表情。

男人似乎也想到了什么，停了下，安慰道，我也喜欢逛街啊。再说，天使也是各种各样的啊，你呢，应该算是马路天使。小河曾经对男人说过喜欢逛街。有一次，小河在信里说过，挤在人群里，特别暖和。

小河先是觉得对方揶揄她，后来又觉得不像，男人的声音似乎有些发抖。

很快男人寄来了一条漂亮的长裙和一双好看的平跟皮鞋。

小河高兴地看了看自己的双腿、双脚，最后跳起来，她觉得此刻身体比平时更加轻盈，对得起这个美丽的称呼。

最让小河意外的是，他说在有关部门的支持下，他联系了深圳振西学校，并为小河报了名，专业是物流管理，学费的事也处理好了，学习期间的生活费每个月也会按时汇给她。最后，他不仅寄了一笔路费，还给小河画了一个简单的路线图，让她路上小心。在邮件里他跟小河说，课余时间可以到对面的工业区看看，条件允许的话，一边打工一边读书。同时，他还鼓励小河在学校多结识些人，与宿舍的孩子交朋友。作为贫困地区的孩子，有义务让她们明白钱不是唯一的，甚至可能还会害人，要让同学明白挫折不幸也可以使人变得更乐观、善良、坚强。信的最后，他还说，这算是最后一次联系，自己不是富人，做善事，是因为喜欢"爸爸"这个称呼。

小河根本不明白这些话是什么意思，她觉得有钱人想事就是怪。

她很庆幸男人没有提出见面，否则她的话就要穿帮了。

见过小河的人都知道她是个相貌秀气的女孩儿，大眼睛，尖下巴，连自己都觉得像网游里的人物。她喜欢编排经历，以悲情为主。比如她说自己不是父母亲生的，是他们在火车站把她捡回来的，小小年纪照顾弟弟妹妹，还要经常挨打挨骂，零下几度洗衣做饭，一双手因此生了冻疮，每次拿笔都会疼，导致她不喜欢写字。

她当着一个修鞋的温州女人说这事的时候，女人当时便眼泪汪汪，紧紧抓住了小河的手，放进怀里暖着。随后，她大着嗓门把马路对面正修鞋的丈夫叫过来，两个人用家乡话商量，先不做生意了，去市场买菜，然后把小河接回家里去吃饭。

他们把小河带到出租屋的时候，小河很失望，屋里屋外到处都是烂皮鞋，散发着难闻的气味。一进家门，女人就把小河安顿在电视机前，还给她周围堆上了一床粉色的被子，让小河别动，安心看电视，他们则欢天喜地去做饭了。

隔着门帘，小河也能感到他们的心情。女人仿佛拣到了宝，一会儿抹眼泪，一会儿笑，男人站在旁边安慰自己的老婆。小河觉得这个女人一定是想孩子了。

吃完一包牛肉干，小河才把饭菜等上来。

每种菜只做了一点点，放了满满一张小桌子。小河发现这两个人并不会做，每个都很甜，味道有些怪，总之很难吃。

小河如果不是太饿，都懒得动筷子，直到后来端上一盘豇豆炒肉丝，她才来了精神。她迅速吃起来，顺路也把其他菜光顾了。看到这些，夫妻俩高兴得哇了哇了说话，有两次还把小河的名字给叫错了。小河相信那个名字是他们孩子的。小河心里想笑，这过的是什么日子呀，还挺美的呢，哪里比得上十八岁之前自己吃的肯德基、比萨、酸辣粉。当然，她差不多一年都没有碰过那些东西了。

她的脸上没有表现出这些，毕竟人家是专门为她做的。刚放下筷子，她便说要回家了，弟弟妹妹的衣服还没洗呢。听到这话，两个温州人站在那儿，扎撒着手，再也不知道怎么挽留小河了。本来已经给小河准备好了被子和一张小床，他们像一对小爸爸小妈妈，眼巴巴地看着她，希望小河改变想法，留下来。小河说不行啊，我怕挨打，他们打人可疼了。本来小河还想找出一块伤疤配合自己的话，最后也懒得想了。她觉得这两个人的智商不太高，无须费太多口舌。

小河不好意思当着他们的面掩住鼻子，只好用肥大的袖口挡在前面，快快地从这间房子出来，跑到大街上狠吸了几口新鲜空气，她觉得那些皮革味道实在太难闻了。

收到信的第二天，小河便从老家赶到了深圳。

到了振西学院之后，她发现广告都是骗人的，哪有什么五星级花园式学校。这个学校在关外的沙井到松岗之间，大门很高很大，里面只有两栋单薄的楼房，一栋是教学用的，另一栋则是学生宿舍。学校对着马路，尘土飞扬，堵车的时候，喇叭乱鸣，那些运货的香港车把地面震得很响。因为挨着一个高速出口，的士车排了一大串，远远看过去，学校门前，像个长途车站。

连学校的老师长得也不怎么样，土里吧唧，交流的时候多数用客家话和湛江土话。虽然课桌和电脑比较新，正经听课的人却很少。多数人都是上网或坐到一起聊天，只有几个年纪大的，拿着笔在书上画着，样子滑稽。小河听了两天的课，还没找到感觉，当然也没交上朋友。她有些后悔，来之前，不该顾虑太多，把头发染回黑色，她相信原来那种色彩会有人找她搭讪。

因为小河来得比较晚，最后被安置在了四楼。这层楼住的多是男生，女生宿舍只有两间。这些没所谓，小河一放下行李便发现，宿舍的人根本不像学生，年龄有大有小不说，相貌、气质异常古怪。整体来说，像一所招待所，集合了全国各地那些跑供销，卖假货的人。

她选择住上铺，除了新鲜，空气好，还有就是方便观察下面人说什么，做什么。凭以往的经验，必须知己知彼，再也不能傻乎乎，比如说了自己的年龄，结果一到十八岁，马上就没有资助了。当然，她反省过，怪自己贪心，想讨份生日礼物，才因小失大。为此，她常常觉得人心险恶，世态炎凉。

她先是观察到下铺那个姓孙的女人特别喜欢洗手，擦桌子。还有两个女人，是一起来的，她们只要闲下来，便拿出一些旧线团，打毛衣。不仅如此，这两个女人很小气，经常用酒精炉做饭，一个橘子要剥成八份来吃。小河觉得这种应该是传说中的吝啬鬼。她看了一会儿，便对宿舍人没兴趣了。

直到第二天中午，才来了一个有意思的。当时新生在操场开完会，正要散的时候，听见了汽车声，随后看见两辆黑色轿车，开进院子。车上下来一个年轻男人，站在路边向学生打听什么。接下来，是这个小车上的人到了小河这间宿舍。最先进门的是个女孩，显然她是这儿的学生。女孩的头发染成了金黄色，刘海遮住了半个眼球。像是个局外人一样，她一屁股坐在椅子上，从口袋里掏出烟并点着，抽了起来。过了会儿，她站起身，打量着窗外操场上几棵干枯的小树，无聊地吹着口哨。

见女孩这样，穿着高档的女人显得有些尴尬。她先是铺床，后来又用抹布去擦洗墙壁上的污渍。小河觉得女人红红的指甲与这些事很不和谐。年轻男人向房间拎东西，大大小小放了一地。看见这样的情景，小河顿时来了精神，她之前还没有遇见这种款的呢。显然是传说中的富二代。

接下来的几天，小河表现得很巴结，每天都对着女孩微笑。房间窄小，走路的时候也主动避让，很是小心翼翼。

这个女孩非常高傲，除了不领小河的情，她谁都不搭理。每天除了上网和抽烟，什么都不做，不跟任何人说话。有两次小河想说话，对方从鼻孔里呼出一阵气，把小河顶了回去。

这个女孩不怎么上课，平时也不知道去哪儿，常常半夜才回来。回来的时候，满嘴酒气，不管别人有没有睡着，把灯全部打开，洗漱完毕之后，才关掉灯，躺到床上戴着耳机听歌。音乐声很大，溢出外面的只是沙沙声。如果不是小河太累，根本就无法入睡。

小河终于明白，这个学校没有年龄和身份的限制，只要交够了钱，谁来都可以，甚至连考试也有人帮着张罗。

小河相信这个女孩和她一样，是个非主流。

为了接近这个女孩，有几次，小河帮她倒烟灰，帮她把扔在地上的手纸拈起来，丢到纸篓里。还有一回，外面下雨，她帮着女孩收好晾在外面的衣服。

女孩见了，连个谢字都没说，瞟了眼小河后继续抽烟。小河心里一惊，担心那件事情被发现了。小河喜欢对方的衣服和鞋，曾经在女孩出门的时候，偷着拿出来，装在包里，等到了街上再找个地方换上。女孩衣柜里的衣服，她几乎全部穿过。那些衣服件件都时髦，让很多人羡慕，确实受用。只有一次，是个例外，有一对情侣远远看着她笑。小河见了，不知道什么事，也回了笑。那男的见了，竟快走了几步，上来搭讪，小姐，挺敢啊，睡衣都穿出来了，今晚是不是想睡街上呢。说完退回女的身边，两个人搂在一起，哈哈大笑。小河知道，肯定是女的嫉妒她，才怂恿了男人过来奚落小河。

小河很懊恼，她确实分不清这些衣服到底有什么区别。她觉得深圳人就是喜欢捉弄别人。她甚至都有些想家了。

她又想起那个深圳的爸爸。见一下有什么了不起呢，你富你的，我又不抢你的钱，装什么神秘啊。还爸爸呢，谁想叫你爸爸，我又不是没有。

这么一想，她便有些恨，自己的亲爸太穷了，除了喝酒只会吹牛，任何好处也没有给过她，连一个外人都不如。家里除了几件破旧的家具，什么也没有。这样的家，不想也罢。她小的时候就在电视和报刊上见识过香港、深圳人的生活，那时候她的心就不在漯河，而是随着资助她的那些人，翻山越岭到了外面，去世界之窗去星光大道了。

她的心回到了眼下。

下铺喜欢做饭的两个女人是进修生。听意思，在老家都有单位，退休前想过来镀金，长长见识，回去要办理退休手续了。美其名曰学习特区经验，回去好传播交流，实际上是单位的一种照顾。小河发现这两个妇女很喜欢上课，一堂不落。每天回到宿舍便整理笔记。她们喜欢把报纸上的话抄在本子上，有时两个人还会大声讨论。更多的时候是发表感慨，感谢单位，还说到教育体制，什么中国小孩在小学就讨厌学习，到了大学应该学知识的时候又放松了，最后导致什么也没学到之类。这些无聊的话，让小河听得烦死了，更要命的是这两个人除了用酒精炉偷偷做饭，有两次还学着广东人煲汤，说学会了回去用得上。她们只会做白菜加肉，或土豆加肉，从来没有吃过一次海鲜。照理说，学校离海边很近，那玩意儿又不算太贵，可是这两个女人只能如此，别的菜似乎不会。两个人都很能吃，吃饭的时候像两只快乐的母鸡，咯咯哒哒一刻也不停。每次吃完饭就说平胃，其实是想在床上睡一会觉儿。两个人都喜欢打呼噜，甚至比男人还响。小河正用手机上着网，看到影星张柏芝因离婚可以分一大笔钱时，被这声音吵得不能专注，她心情烦躁，好几次都想破口大骂。

考虑到第二天饭堂不开伙，还要搭伙吃她们做的饭，才忍下了。

起初她们很不情愿，尽管小河说过会给钱，也曾经拿过两百块给她们，可小河每吃一口肉，两个人的喉结便会动一下，明显看出不情愿。直到有一次，她们问小河想家么，家在哪儿，怎么不回去看看？小河当然不能实话实说，她说没有冬天的衣服，北方太冷了耳朵很容易被冻掉，另外父母双亡，只有一个外婆，回去只会更加伤心难过。听完这些，两个女人互相看了一眼，不说话了。接下来的两天，两个人安静了许多。她们还像以往那样做饭、吃饭。只是不再那么咋咋呼呼。

一想到学校向这些人介绍她是贫困地区来的，她就很生气，这样一来，自己吃的用的，便受到了限制，多换几件衣服都会被人用异样的眼光盯着，甚至脏话粗话都不能说。对此，她曾在内心抗议过，你们捐了钱给我，很了不起，很伟大是不是？你们的钱难道就干净吗，你们不是口口声声说帮自己吗？想到这儿，她又恨了起来。

好在她从网上知道了很多事，不然的话，她真的可能会感激涕零，真的会以为这些资助人的良心非常好。

想到那次寒假，她被安排到了省城，哭得一把鼻涕一把眼泪那副傻样，就羞愧得想要抓住头发向墙上撞。

她无法原谅自己，曾经那么傻瓜过。尽管那时候，她还不到十岁。

那一次，小河被接到省城一户人家里。这家不算有钱，倒是有不少书，据说，男人是个名人，喜欢书法和诗歌，家里还有一个和她同岁的小女孩。夫妻表面很是和睦，私下根本不说话，只有来人的时候，才并排坐在沙发上，手拉手，肩并肩，互相表扬。他们喜欢教小河写字，男人拿着笔教小河写字的时候，女人会在不远处用照相机，咔嚓咔嚓拍下来，有时也会拍些女人为小河洗澡的照片。小河很不好意思，如果不是女人的一只手压住了她的肩，她想站起来跑掉。女孩的父亲介绍她时，故意提到小河出生在那种特殊家庭，要知道小河多么不愿意提起家。她从小失去了母亲，父亲是个病人，带着他们姐弟二人生活，当然是街上数得着的困难户。这家人向外人介绍小河的生活时，会夸大许多，连小河听了也觉得自己身世悲惨。男人对着镜头表达爱心的时候像个演员。他说他们不仅资助孩子上学，还把他们女儿的压岁钱也捐了出来。这个时候，家里的小公主，会搬出一个大大的陶瓷猪，这是个存钱罐。差不多每个晚上，小河都会被拉到客厅，在很多人面前背诵那两句话，感谢叔叔阿姨，感谢有关单位之类。这些话必须从头到尾流着眼泪说，直到有人送上红包，拍了照，她才能享受那些可爱的零食。

刚开始，小河认为下铺这两个女人不说话挺好，只是很快就觉得没意思了，主要是看不到热闹。这么一来，她只好去跟那个洁癖女人说话。这个女人不仅喜欢洗手，还愿意执着兰花指说话。小河觉得这女人很天真，让她捉摸不透，比如，她明知道小河讲的是家乡话，却说，小河，你们的话我怎么听不懂，刚开始，小河还真以为她听不懂，用手机跟老乡说话时也不避着她。在这里要说的是，小河已在很短的时间内，和对面那间厂的人混熟了。有两个小老乡，还带她去过万福广场跳舞。他们指导过她，如果跟老头跳，一定要让他们花点儿钱，年轻的，必须要下QQ或手机号，还要当场打，试试真假。小河一一答应，觉得这里面的学问还真不少。

孙姓女人经常问小河这问小河那，还让小河带路到特区里边看看，说是扫货。小河听了很开心，第一，这份信任很受用。第二，这个女人是个富婆。小河打心眼儿里喜欢和这种人打交道，过瘾，有面子，她不愿意看见那些精打细算，穷馊馊的家伙，比如下铺那两位。

为了让对方相信自己，小河自告奋勇告诉她，哪里的东西最贵——中信之西武，哪里的东西便宜，当然东门老街和华强北，能讲到跳楼价。这些事情并不是小河真的很懂，她是在老乡那里听说的。平时她很注意搜集这些，她觉得将来回到老家，还是需要有些资本，不能什么都不知道。她也喜欢搜集影星歌星们的事，张柏芝和谢霆锋，阿Sa阿娇还有大小S。只是他们的情况变化太快，小河刚刚记住又变了，所以她觉得做人其实挺累的。

孙姓女人，对小河的推荐没什么兴趣，她低着头染着指甲道，便宜货跟名牌一样，全世界都一个价，不存在哪儿便宜哪儿贵。小河没想到对方会这么说，一下子不知道怎么答了，只好站在那儿不动。最后，对方抬起头，对住小河的眼睛说，你知不知道哪里有上好的咖啡豆，最好是蓝山咖啡，我可是急着要用。

小河感到自己的血突然流速加快，连呼吸都还没有均匀，便急说，我知道，我知道。她当然知道南山，过了边检站就到了。小河听成了南山。她曾经跟着老乡去过。那里有世界之窗，欢乐谷。说完之后，她翻动了下眼皮，思考着那些咖啡到底在什么地方，这种食品她不熟悉，她后悔自己平时太大意，连这种时髦的东西都没有很好地掌握。

第二天早晨，她撒了一个谎，说是到外面做好人好事，走出了大门。平时她溜出学校的确有些鬼鬼祟祟，她害怕连保安都对她指指点点，说她得到了很多人的帮助才读到这个学校，应该好好珍惜。

这一次，她大步流星走路，没有羞愧和不安。

一路走过来，女人不断描述咖啡那玩意儿如何香醇，美味，除了可以减肥，还能让生活变得有品质有情调。直到到了格兰云天楼下，孙姓女人才停了嘴，她眼前一亮，仿佛心情大变，浑身的肉被提拉起来，把小河晾在一旁，快速走进路过的一家商店，并用英文与店员说起了话。说到兴奋处，女人不断扭动着自己肥厚的屁股，打着响指。最后，她从店里选了不同的两盒，才满意地离开。她说，一包是咖啡，另一包则是伴侣。出了店门，小河回过头，想要记住这家店的名字，可惜上面全是英文，小河一句也不懂，甚至连好多字母都不会念。墙上有张棕色图片很特别，让小河想不起什么词来形容。上面有个美丽的女人，拿着一只小银勺，让那白嫩的物质从嘴边飘过，这让她的心里像有种东西轻轻地流过，很舒服。那感觉特别奇妙。

当晚，小河失眠了，她摸着自己有些火烧火燎的脸想，这个孙姓女人很抠门，都没有想打开让小河尝一下，连坐地铁都还是让小河自己掏钱。她说得那么好，又那么享受，为什么不拿出来尝尝呢。想了半天，小河也不明白，最后，她想清楚了，女人肯定不是自己用，而是送礼，不然的话，会拿出来吃几口。

她是趁这个女人睡着，另外两个女人又呼噜大作之际，才轻轻拿出瓶子，慢慢拧开的。黑暗中，她用力舀了一大勺，迫不及待放进了嘴里。

想不到的是，石灰粉一样的东西，从喉咙深处升起，弥漫了整个口腔……她险些呛住。她用尽全身力气，才压住了尖叫和咳嗽、气喘，此刻，她觉得自己的舌头快断了。

尽管如此，她还是忍着疼痛，希望把桌上的物品整理回原样。可是，她发现，盖子上面那层锡纸忽然不黏了，也不能回到从前。这让她很心烦。她甚至怀疑这个女人知道她的心，悄悄把发酵粉、石灰粉和芥末放在了瓶子里，有意捉弄她，害她。

黑暗中，她悄悄爬上了床，用被子把呛出来的眼泪擦干，甚至委屈得想哭。直到远处传来脚步声，她才迅速把被子盖好，遮住脸。

是那个散发着酒气的女孩子。凭感觉，这女孩又想找碴骂人了。小河知道她也是单亲家庭。她说过父亲，有时真想一刀结果了那个负心人。女孩儿指的是爸爸，当年这个男人抛下老婆女儿，跟了个有钱女人。尽管后来生意不错，支持女孩上学，让她们母女吃好的用好的，可他还是很后悔，觉得对不起女儿，造成她初中便辍学了。尽管他用很多方式来赎罪，都没有得到原谅。她从来没有喊过她一声爸爸。

女孩子喜欢喝酒，只是很容易就醉，哭或者闹是家常便饭。她的电脑台上放着一把水果刀，她常常一边说话，一边抓了那东西玩。所以没人敢说她什么，连投诉也没有。

小河起床的时候，天已经全亮了，她看见孙姓女人正在穿鞋，床上放着旅行箱，其他行李也都收拾好了。她用眼睛偷偷看了眼那里，发现那盒东西原封不动仍在原处。小河犹豫了下说："姐，你掉东西了。"说话的时候，她的眼睛不敢看对方，也不敢看那个盒子。

"噢，那玩意儿啊，不要了，不是给人用的。"女人露出了胜利的微笑。出门前，她眨了眨眼睛，对小河说，对了，蓝山咖啡跟南山区没关系，产地是牙买加，我还没有买到。她在小河发愣并哑口无言之际，踩着高跟鞋，噔噔噔出了门。

正在小河郁闷的时候，听见校工进来跟两个阿姨说："出门的时候，一定看好东西。"

"有什么好看的，又进不来小偷。"阿姨看着门窗，不屑地说，像是故意讲给宿舍里的小河。

小河听了，很感动，觉得这两个阿姨真是心地善良。躺在床上，她忍不住抬起身，偷偷去看她们，觉得这两个人还是像企鹅，尽管样子比原来顺眼许多。

小河怎么也没想到，两个阿姨竟然在这一天的放学后，说学完了要回去了，临行前要请小河吃饭。为此，两个人还在一个本子上面算了账，涉及分摊的事。

吃饭的事，果然没有食言，她们让小河随便点，想吃什么都可以。

小河不好意思，想吃的东西太多了。最后是两个阿姨帮她点的，其中有小河爱吃的福永黄油蟹和南海的剥皮鱼。吃到一半的时候，两个阿姨拿出一件天蓝色的毛衣，说是用了半个月时间偷着织的，就是为了给小河一个惊喜，这样小河回家的时候就不用害怕冷了。

小河愣了，没想到会这样，她高兴地跳了起来，分别拥抱了对方，把两个阿姨羞成了大红脸。最后，她为她们表演了街舞。也许是穿了新衣服的原因，她觉得没有平时跳得好，很笨拙。

等她重新坐下来，一个阿姨说，小河你要用业余时间多看点儿书，别再浪费时间了。

小河说我会的。阿姨你们放心吧，我最近才考了一百分。如果当年父母不是把我扔下，让我自卑，总受欺负，我早就考上清华北大了。

在两个女人大骂家长不负责的时候，小河把盘子里的菜吃光了。

正在小河觉得生活没什么新意的时候，金发女孩约她去唱歌。

小河有点儿不敢相信自己的耳朵，她太高兴了。长这么大，从来没有人请她去过那种地方。

她显得有些不自然，扭捏着说，我不太会唱歌，你看我的喉咙最近有点哑，她又想起那个该死的咖啡伴侣。

"没关系啊，去玩呗。还有，如果喜欢，那套睡衣归你了！"女孩若无其事地说。

小河有点不好意思地笑了。

到了地方，才知道是女孩过生日。

小河着急地说，不知道啊，连礼物都没来得及准备。

女孩笑着，什么礼物呀，告诉你吧，我什么都不缺，就是孤独，没人陪。

见小河还在发呆，她接着说，我真羡慕你。女孩儿又喝醉了。

小河走到洗手间给老乡打电话，说，这个有钱，说自己孤独没人陪，不过你得先给我 1000 块。

男人过来的时候，小河把毛衣丢给了对方说，不能便宜啊，这可是新的，我还真有点儿舍不得。

包括一件新毛衣，全部加起来成交价 1400 元。她要用这笔钱去文身。打听过了，天使就是这个价。这个图她看过几遍，每次见到，她的内心都会变得柔软。圆圆脸，大眼睛，长睫毛，像婴儿那样纯洁的脸，她喜欢那样的自己。只有那样的自己，才配得上天使这个美好的称呼，配得上深圳爸爸用那样的语调称呼她。说实话，她有些想念深圳爸爸了。这次，不是为钱，不是为了他寄来的东西。她甚至有些惦记他了。

小河最后又抢了对方五十块钱，才把人推进包房。

音乐声很大，女孩已经倒在了沙发上。

小河过来拉她的时候，女孩嘴里还念着"爸爸"两个字，接下来，她看了眼小河说，对不起，他要我照顾你，向你学习，我都没做到。

小河愣住了，脸庞上那抹得意还没有退尽。她突然明白女孩说的是什么。

放下女孩的手，小河冷着脸道，他知道我的情况吗？她看了眼自己的腿，耷拉下眼皮。

女孩摇了摇头变了音道，我不想伤害他了。

小河眼睛突地热起来，仿佛有东西要掉下。她发了狠才忍住。太久没有流过泪，之前她一直认为那是可耻的。

小河回宿舍的时候，脚步一点儿也不轻盈，两条腿拖着像是灌了铅，注了水。快到门口时，她听见了熟悉的声音，是其中的一个阿姨在哭。旅行包被人翻了，准备带回老家的荔枝干只剩下几颗，连那张报纸也没了，上面有她大儿子生前发表的一篇作文。这是她保存多年的东西，一直带在身上。

小河的手变得冰凉，全身都在发抖，她真的忘了早晨那件事。当时她们正去车站买票并到商店购物，准备回去的一切。

活了近二十年，第一次后悔。她不知那张旧报纸还有用，否则不会连同果核一起扔掉。

凭什么要这样，一个个对她好，凭什么啊！她本来不打算和这个世界有任何瓜葛的。

小河为自己不能像过去那样恨了，而愤怒和心慌。她在街上走了很久，不知道接下来该怎么办。

「王 菊 花」

1

当王菊花决定了去趟六约街的时候，就已不再心烦。

今天是她二十九岁生日。之前的每个生日，她都会打电话回去，家里人轮流转弯抹角劝她快点儿结婚、生孩子。虽说她嘴上表现得有些不耐烦，说还有事呢，快快收了线，可心里却是暖的。这次不同，像是串通过，不仅没人再和她提起这个话题，还用蹩脚的普通话与她说话，甚至询问了天气和猪流感。显然已知道金融风暴对深圳的影响，怕她说出不想打工要回家之类的话，急着说了谢谢、再见后就挂了。

被扔在这头的王菊花发了半天呆，才有了心酸。她突然觉得家里不要她了，把她当作嫁出去的人。只是嫁的不是男人，而是深圳。

去年开始，厂里的订单越来越少。很多人被放了假。吃饭的人不多，也就没那么忙。王菊花跟老傅请了假，说有点儿事，要早走。刚出门，那条小狗就发现了她。它不知从哪儿跑过来，摇着粗短的尾巴，跟在她身后。这是一条被人丢弃的京巴，原本白色的毛，已变成了并不均匀的黑灰色，显得比村里那些土狗还要难看。前几天，它跑到饭堂找吃的，见老李、老傅都没吱声，也没赶走它的意思，王菊花便大了胆子，当着两个人的面，扔过去一条冻过的腊肠。这次，王菊花没有理它，想快点儿走掉，主要是怕别人注意到自己穿了双高跟鞋。

刚出门，就遇见了后勤主管和新来的女孩子。两个人正在紧张地说话。女孩是 80 后，很有礼貌和分寸，嘴也甜，平时总喊菊花姐菊花姐。这一刻像是有什么急事，没说话，只是向王菊花点了点头，就与主管一路小跑着离开了。奇怪的是，这位严厉的主管竟然也没有问王菊花上班时间去哪儿之类。

快走到门口，王菊花被吓了一跳，有四辆分别印着海关和税务字样的汽车列成一排，横在公司门前。两个穿制服的人正向车里抬电脑和账本，余下的人则站在门前抽烟、说话，眼睛盯着兴业公司进进出出的每个人。

那个叫作老王的守更人，身体明显正在发抖，走路的样子也发生了巨大的变化。他虽然才六十多岁，却长了一脸的皱纹，眉毛下方有一块大大的老人斑，左手好像有毛病，从来都揣在怀里，平时喜欢招摇在外面的两颗金牙也收回干瘪的嘴里。听人说他是老总的叔叔。可老李说，那是老总的亲爹。此刻，他躲在另一个年轻保安的背后，一双细长的眼睛睁得比任何时候都要大。

老板正带了一个年轻的女人说说笑笑着回来。见到院子里的人和车，他停住了脚，帅气的脸瞬间变成惨白。像是裤脚太长，绊住了他的脚，使得走路也极不稳妥。他踉跄着，走到来人面前，弯了腰，讨好地笑着，一只手向口袋摸去。掏烟的手刚伸出，一对手就被两个男人从身后扭住，被用力推进面包车第二排。老板似乎想说点儿什么，张开的嘴还没发出声音，车门就已被重重地摔上。随后，所有的人都上了车，关了门。车队鸣着响笛开出兴业公司，离开了深圳横岗镇六约村工业区。

很明显公司发生了大事。

尽管如此，却没有影响到王菊花的心情。其实她早该发现今天的所有事情都不太正常，包括自己的搭档老傅。当她提出早走一会儿的时候，老傅没有看她，而是安静地看着远处。那里是一排楼房，在工业区的南面。几个月前还是一座山，突然被十几辆推土机推平，变成了亚洲首富李嘉诚的楼盘。对着那片远山，老傅没有回头，自言自语道："那座山和老家的山真是一模一样，我的父母就埋在那种地方。"

　　就是这句话让王菊花停止了脚步。

　　"你去吧，多保重。"除了来了客人要借住，其他时间，他对王菊花总是爱理不理。这次有些不同，好像王菊花要去远方，让他突发了慈悲心。尽管说话的时候，他没回头。可王菊花却因为这句话，而揪了心。

　　来饭堂前，王菊花做过厂里的电焊工。这种电焊与真正的电焊不同，头上悬挂着一个比人头还大的外国机器，上面伸出一个细长的管子，尽头是一支钢笔，只是无须墨水，更不能写字。那是一支有电的笔，只消放在那个绿色的芯板上面，在特定的位置上扎三下，一粒一粒银色的小珠就会聚在铁条的四分之三处，做好了就OK。"其他事不用多问，反正说了你们也不懂。"后面这句是拉长说的。说话的时候，她表情严肃。王菊花从来不知道这个动作到底是做什么，又有什么意义。从建厂到现在，她没有离开过这里。设备和人都换了一批又一批，有时是塑料制品，有时做的又是电脑线路板。总之，接了什么单就做什么活。王菊花从一个不懂事的农村女孩变成厂里的老工人。她知道除了资格老，自己再没有什么特点，不像那些管理层，有的还能用英语打电话。当她提出不想上流水线，而要去饭堂做饭的时候，不仅没人反对，还为她加了工资。

王菊花的工作是每天早晨五点起床，洗漱完毕后开始准备公司近两百人的早餐，然后是午餐，然后是晚餐，中间有三次大规模的洗菜、洗碗和拖地。直到晚上七点半，她才可以不归任何人管，回到房里，甩掉箍了一天的水靴，倒在床上，闭上眼睛，静静地休息。半小时之后，才做其他。

提出到饭堂就是为了一个人住。这是她多年的梦想。不仅如此，对她解决个人问题意义重大。要知道，除了高管可以享受单间，现在整个公司只有她，才有这个资格。尽管也有一些困扰，比如借宿之类，但时间都不长。她喜欢自己的房间，因为墙上有张曼玉，桌上有日记本。有了这些，她觉得房间就是自己的。东西是从六约街上带回来的，包括枕头下面的《如何得到男人心》。虽然快要被她翻旧了，却还是不断在看。那些道理特别好，虽然用不上，好像食谱一样，光看都想流口水，可真少了一种材料，菜的味儿就彻底变了。食谱的道理，是老李的发现。发现之后，他把那本油腻的食谱连同一些旧报纸，交给老婆卖了。

王菊花这次到六约街首先是想买双丝袜。这是王菊花的秘密，因为，老傅曾经在某个黄昏，对着正无精打采的王菊花说："王菊花，看不出你的腿还长得很漂亮呢。"当时她仅仅穿了双普通的肉色短袜。

六约街是打工妹的乐园，当年是，现在还是。就连那里的小老板都会发出叹息，该死的金融风暴啊。他的意思是逛的人多，买的人却越来越少了。即使买，也都是把价压得很低，农村出来的女孩儿，手紧。

王菊花到六约街的时候，夜市才开始。整条街都是小摊小贩。路灯已经提前开了。大排档延伸到路的中间，红色蓝色各式塑料桌椅铺满了整条街。当然，也有几家是木头的，缝隙里藏着一些麻油和辣子的陈年旧迹，早没了本来的颜色。各家店铺都像是刚刚睡醒，梳妆打扮，精力异常旺盛。时间一到，那些年轻嘴甜的女孩们便拦到了路的中间。她们的下身多半穿着低腰牛仔裤，上身则是贴身的 T 恤，中间露出半寸多白花花的肉，摇晃在六约街上，成了一道风景。她们拉住路人的手臂说："吃米粉吧，美女，长沙桂林阳朔的都有，吃放了芋头的螃蟹粥老蟹粥吗，老板，吃福永小黄鱼小麻虾吗，帅哥，全部新鲜，都是早晨才上岸的。"

如果谁的眼神稍有犹豫，她们立刻就会把你生生拉到椅子里，像是怕客人跑到前边那家，一对手夹紧客人肩膀，脑袋则从客人的脖子后面伸出，带着呛人的香水味儿。好在老板总会及时出场，吆喝小妹快点倒茶，劝客人喝点儿水，先歇歇脚，吃两口小菜。立在一旁的小妹则把桌上的盐炒花生或韩国泡菜推到客人眼前，直到看着菜被鼓动的腮和喉结弄进了胃，她们才松了气，又去拦新的客人。

王菊花也被拦过几次，只是都显得无情无义。在这些女孩眼里，王菊花就是一个打工妹，连她们都不如。她们甚至能猜出王菊花在哪间厂，做什么工。这些小妹个个都是厂里出来做的，每个厂的工资多少，待遇怎样，最近有没有加班，厂服什么颜色，她们门儿清。她们知道，眼前的这位大龄女工根本不会停下，更不会吃东西。除非多几个打工妹，中间再有个本地男人，她们才可能坐下，由男仔埋单，要上一盘米粉、一盘苋菜，外加一盘炒田螺，再喝上两支冰镇过的金威啤酒。

王菊花被这些桌子、椅子还有那些站着的人挡着，绊着，走路显得有些费劲儿。可她还是绕到了卖袜子的地方。那是一间间更小的店，几乎就是洗手间大小的偏房，高高低低的东西悬挂得到处都是。到了下午四点多，货也大明大放摆在路上。女孩们用的耳环、项链、内衣裤和袜子放在一辆可以悬挂的推车上。王菊花心里想着袜子，眼睛却在找那副耳环。那个首饰有一寸长，众多物件中它闪着不一样的光芒和神采。上次相中的，只是没带钱。此刻看到它完好地悬挂在那里，王菊花放了心。她压抑着内心的喜悦，让眼睛表现出游移不定和无所谓。只有这样，砍价时，才能成功。不然的话，精明的老板会认为你死了心要那件，价钱上不会让步。

那是一对带钻石的耳环。当然不会是真的什么钻石。王菊花脑子里闪着自己戴了耳环与张曼玉分不出谁是谁的样子，兴奋得要冒虚汗。与此同时，那个人的样子总也挥之不去。那个人是老傅。出门前他关于父母坟地那句话，让她的心颤动了，人只有在最信任的人面前才会这样无助。那山怎么就成了香港人而不是老傅父母的。她有太长时间没有听过类似的话了。

不仅想起这一句，她还想起老傅另一句，那是关于王菊花腿长得好看的事情。两句话一搅和，王菊花决定买下并戴着耳环去照相。照相师傅会把王菊花拍得特别好看，也就是说，都有些不像王菊花了。王菊花不喜欢那些太像自己的照片。那样的照片，会把她的毛病全露出来，比如鼻子虽然小巧挺拔，眼睛却显得过于细长，被长长的睫毛遮了半截。当然，也有人称呼这种相貌为秀气，称这样的眼睛为蒙猪眼。可那都是小时候的事了，到了兴业公司，再没有人夸奖过她。她要把照片放大，做了镜框，挂到墙上。老傅看到，一定会发现，不仅腿型好看，王菊花的脸也经得起端详。她虽然是个单眼皮，个子不高，可身材却很匀称，尤其是女性的关键部位发育得很好。

六块钱，最多八块。王菊花盘算好了。底线就是这个价，就这么谈。王菊花抿了抿自己的嘴，使两边微微上翘。她在书上看过，这会使她显得更有女人味儿。

"丝袜怎么卖？"王菊花用广东话问了句。此刻她还看不见老板在哪个角落藏着。

话音刚落，便看见老板叼着一支牙签，从货的另一侧站起身。"十块。"是普通话的回答。通常情况下，这样的小店请不起工人，都是老板自己看摊。

"十块？两双还差不多。"王菊花露出不信任。

那男人愤愤地："知不知啊，都什么形势啊，物价都涨了，那你说多少吧？"

"你都知形势不好啦，老晒（广东话：年轻老板），电视上说美国人都不买东西了，五块两双吧。"王菊花让自己的态度坚决起来。

"开玩笑啦小姐，你要知道这是手工蕾丝啊，香港那边好多演员都要过来拿货的。"老板拉长了腔。这是他们常用的方式，双方都显得很沉着。说完这些，老板笑笑，没再开口，而是继续抽烟，眼睛故意望向别处。

用香港人说事是过时的伎俩。对那些刚进厂的打工妹有用，对王菊花这种在六约街待过十几年的老油条，听得快出耳油了。王菊花觉得老板有些牛哄哄，没礼貌，回个价都不肯，分明没把她放在眼里，看不起她。王菊花只好无奈地把眼睛挪开，但还是经过耳环。耳环挂得最高。她记下款式和大小，准备到前面那家再看看。如果不是过生日，不是为了突然的老傅，王菊花才懒得理睬这些小店主呢。

王菊花是因为时间才熬出了一些心眼儿，而不是天生就很机灵那种。如果早早开了窍，可能也做了别的，比如像大排档里那些小妹，或是去发廊或者超市都有可能。如果去了，说不准命运也改了，毕竟厂外面接触男性的机会还是多些。早些年心太死，总想着多加班，多赚钱寄回家。更主要的是王菊花希望留个清白的身子，找个好男人，有个好归宿。

石阶路不适合她今天的鞋，高跟鞋让她找到过生日的感觉，像个公主，而不是什么饭堂师傅。

刚走出几步，王菊花一眼就看到老李，绝对是老李。这个发现把王菊花吓得手脚冰冷。她身体本能地向后缩回，躲在商品后面。老李是王菊花的同事，也在饭堂上班，主要负责面食和部分小炒。他在前两天请了假，说要回山东老家，这次，他又说岳父病了。显然，他知道公司最近没接到订单，许多人被放了长假，离开了厂，到外面找新工作或是去找老乡，没人有心思逛街。

老李除了相貌粗鲁，还喜欢撒谎。当然多数是为了请假。一会儿说家里最小的孩子死了，一会儿又说爹得了癌症。说这些的时候，他的表情甚至是轻描淡写和调侃，而绝对不是什么举重若轻。如果你在此刻跟他笑，他会回敬一个笑。王菊花从开始就不喜欢这个人，直到他说到自己的老婆。那是某次请假未遂之后，他突然对后勤主管说"这次真要回趟家，因为我老婆死了"。

就是这句不同寻常的话，使王菊花转变了态度，帮了老李。当然之前还有一次愉快的谈话。当时吃饭的人差不多走光了，只有一个守门的老王，坐在不远处，用一只手蘸了饭桌上的水，乱涂着。老李心情显得不错，他对拿着抹布边擦桌子边看电视的王菊花说："看什么啊，你要是唱，我看你比这歌星唱得还好听呢。还别说，你们两个长得也挺像。"说这话的时候，他手里正拎着一块四五斤的面团，向厨房的另一侧走，他在准备第二天早餐的馒头。

老李最喜欢听这个歌手的歌，说这个女人长得好看，还说，我们老家女人长得就是好看。王菊花希望老李能在女人这个话题上停下，再多说两句。可他嘴上叼着一根羊城牌香烟，摇晃到了门口，停下，看鱼了。鱼是老板交代养的。贵客来了，他会指示老李捞出两条，清蒸或是红焖。当然还有别的菜，如穿山甲或是鹿肉。

如果在平时王菊花会更正老李，她知道这歌星是山东的。可那一次，她不想说话。因为眼睛和身体因喜悦而发生了变化，如果不小心会泄露出来。她觉得那天老李拿着面团的侧面特别好看。当然，她也知道老李的话，也不必太信，很多时候都是随便说说。有一次，他要王菊花帮他顶班，就说："王菊花，你最好看的就是手，怎么不学钢琴呢。要是学钢琴，他们准没饭吃。"

王菊花听了，半信半疑，要知道长这么大没什么人夸过她的手。这双手小时候被冻坏过，变得肿肿的很难看，好像与钢琴没关系。即使这样，她听了，还是很高兴，二话没说，就替老李值班了。

老李那句"老婆死了"之后，王菊花装出若无其事的样子，走到老李面前，问了句："我怎么记得你在部队待过呢，你不是党员吗？"她自己也不清楚怎么会冒出这样的一句，也许是那句老婆死了，让王菊花看到了希望。

老李愣了一会儿，突然变得结巴起来，说："是啊是啊，我是党员啊。"看见老李迷糊的眼睛，王菊花甚至以为他可能为她的相貌着了迷。直到过了一会儿，他缓过来，眼神变得不再僵硬，而是活力四射。王菊花明白，之前老李又在打盹，是听了她的话才醒过来。老李经常打盹，做饭时打，走路时打，有时跟人说话时也打。"千万不能让他学开车开飞机，不然真完了。"王菊花心里想。

经过提醒，老李拿着一张不知从哪弄来的党员证明，很快当上了饭堂组长。

2

老李当上组长不久，公司组织去珠海的九龙湾游玩。那是王菊花到深圳后第二次去外地。其他工人也多是这种情况。除了几个有事不能走，几乎所有的人都去了。不去公司也不给补钱、补假，再说不去人就有点儿吃亏。每个人都这么想。要是往时，王菊花仍然不会去，除了晕车，还有个原因，就是她已经不再喜欢凑热闹。真有意思吗，真的那么美好吗？快三十了，却还要跟８０、９０后混在一起，确实没心情。看着她们大声说笑，为了吸引男人注意，她会同情。她在心里为这类事情定了性。她不想和这些人掺和，觉得都是无用功，她在车间待过，当年也试过，最后仍是收获全无。几十个女工，甚至是几百个女工盯住几个男人，而那几个男人如果不是家中有老婆，就是看上了深圳本地女人，没多少人把心思放在流水线女工的身上，即使有也都是玩玩而已。

借来的大巴停在院子里，车里正放着台湾歌手张惠妹的歌，节奏欢快。她看见老李开始收拾东西了，王菊花再也不能平静，跑回宿舍拿换洗衣服，感觉过了这个村就没了那个店。有了上次党员事情的提醒，她觉得和老李的关系已超过了一般同事。如果不赶上这趟车，自己就真的失去了嫁人的机会，也白白帮了老李。

"当后妈怎么了，我就不信当不好。"汽车慢慢驶出工业区，王菊花在心里对自己说了这句赌气话，话在王菊花心里停了三天，直到从珠海回到兴业公司重新上班。

在珠海的前两天，她表现得十分过头。这是后来她躺在床上想到的。可后悔也没用。当然没人让王菊花难堪。他们低着头，各自玩着手机，或是发呆，或是乱翻一本图书，似乎没人看见无人听见。也许他们心里在

说，这是平时老实巴交的饭堂女师傅吗？表现真怪异
啊。比如在旅游的当天，她主动提出让老李的孩子和她
同住一张床，毕竟老李带着女儿和男同事住在一起不方
便。而且说的声音并不小，当时老李又在打盹，说了两
次他才明白。与此同时，帮老李拿一件根本不需要拿的
外衣并捧在胸前。还有一次是帮老李买的印度香蕉甩饼
付了账。王菊花明白，也许有人看着她。可她不怕。要
知道在她们老家，她这个年纪，还没有个能打酱油的孩
子，就只能进庙里当尼姑了。那些男人宁可娶个寡妇，
也不敢要她这种外面回来的。对老家那些男人来说，外
出打工的女孩都有一本说不清的账。

对着饭堂的老李，王菊花能这么做，实在觉得自己
有资格、有条件。她不敢想别人，但对于条件这么差的
老李，她还算是优越，年轻许多不算，至少还有个清白
的身体。

"我难道不配吗？"想到这儿，王菊花忍不住心酸，
"真是便宜了你老李，我还是个黄花闺女呢。"这是她最
骄傲的地方。嘴上不说，可在心里她看不起那些随便就
跟男人过夜的女工。过了夜如果还没结果，有什么意思
呢。她有自己的算盘。她别的优势没有，却有个清白的

身体。作为女人，这是最重要的东西。也就是说，她拥有的是无价之宝。有了这个，谈恋爱，结婚，什么程序都不少。选择来饭堂，就是看中饭堂男女比例二比一，男多女少，能住单间这些条件。有了单间，恋爱才有条件，也才有结果，而绝不是宿舍布帘下面的苟且。

"到时候，再安排一个人住也说不准啊。"这是后勤主管吓唬人的话。

王菊花边和后勤主管说话，边把那块老家捎来的腊肉放在对方手上说："最好不要害别人了，我除了爱说梦话，还喜欢打呼噜。每天四五点就要起床做饭，谁愿意一起住啊。"

"王菊花你少来这套，等我给你安排两个，看你再美再胡说。"对方虽然仍在说话，语气却明显不同。

王菊花又从枕下拖出一条红塔山。为了这个单间，王菊花已经不遗余力，尽管房间与想象还是有距离。可她却有了撒娇和哀求："主管才不会那么心狠，你知道大龄女青年的毛病吗，心地不坏，可就是脾气暴躁。"王菊花假装幽默，可是眼睛却已经湿润了，过去她没有这样求过人。

住在八个人的房里，灯从来没有关过。每次醒来，看着惨白的灯光，王菊花都觉得自己躺在车间里。有些工友还会带男老乡过来，为此她从来都是穿了长衣长裤睡觉。为了可以一个人住，有一年春节她没回家，当然另一个原因是厂里也需要留下几个人加班。差不多有十几天，只能吃开水泡米饭。前面几天她躺在只有一个人的房里，听着外面的爆竹声还很享受。再后面两天就已经想见人了，觉得还是人多好，可到了宿舍里陆续回来了人，见到她们那种眼神，王菊花心又冷了，觉得还是一个人住好。

那次是下班前的五分钟，她借故领东西，趁人不注意偷偷留在仓库。仓库里整齐地摆放着高高垒起的纸箱。脚步和说话声持续了不到十分钟，就恢复了宁静。再过一会儿，坐在地上的王菊花听见了老鼠的窜动。它们有时在头顶，有时在她身后，甚至刮动了她的衣襟。再后来，她听见有人倚着门轻轻地说话。是两个女工，其中一个她认识，另个声音也很熟悉，只是想不起是谁了，还听见其中的一个在轻轻地抽泣。天暗下来的时候，仓库仿佛与白天完全不同，变成了冰窖。尽管是夏天，可已经冷得让人发抖。她使出了全身的劲儿，挪动了箱子，使身体被整齐的箱子夹住、围住。闻着纸皮发出来的芳香,她睡着了,睡得很甜。阳光照了她一脸,一身,她被暖醒了。她做了梦,彩色的,内容却已不记得。

想起当时为了有个安静的地方睡觉,自己可怜的样子,眼下的困难就不觉得是什么了。

分给王菊花的房间有太多的杂物,包括一床破军被和蚊帐,还有一只女式皮鞋和两本香港杂志、吃剩的盒饭及一只电饭煲,王菊花觉得里面藏了一条蛇也说不准。盒饭和电饭煲被王菊花进来当天就捂着鼻子清了出去。两本杂志,生猛得要命,里面的人裸着身子搂在一起,男男女女对着镜头笑的眼神,像是煺了毛的白猪,让人恶心,被她扔了。床下有只脱了漆的大鼓和两面脏乎乎的彩旗,那是开运动会时用的。唯一能用的就是一只睫毛夹,王菊花很喜欢,用清水洗净了,放了起来。

"别人可有钥匙,你不能随便换锁。不是为了照顾你,公司可要专门做仓库的。"临出门,后勤主管又再交代,"除了上面的灯,其他带电的东西一律不能用,房子里的东西也要保管好。"

"好的,我不动。"虽然有些遗憾,可王菊花应得还是很快。窗户擦得不能再干净,地面也用消毒粉清理了三次，用装满水的桶顶住了木门。至于灯，王菊花想好了办法。她把办公台移到地中间，踩上去，弄坏了其中的一个灯管，另一只，则用锡纸包住。看见房间立刻变得柔和，王菊花跳到地上，开心得要命。

第一个晚上，因为兴奋，王菊花躺在床上睡不着，终于迷糊了过去，就听见有人轻轻转动门锁的声音。她吓得坐起来，细听了，又不是。雨下了整整一夜，听着雨滴在废旧铁皮上发出的嗒嗒声，王菊花彻底失眠了。她在脑子里为这个地方重新做了布置：一个浅粉的窗帘，书桌上是一本日记，有时放在桌上，有时藏于枕下，封面一定要粉色或蓝色那种。写什么，她一时还想不出。上学的时候，她不喜欢读书，所以连初中都没读完。好多字现在也记不起了。写不写字无所谓，有了那样一个地方，自己的心就有地方放了。

此刻，六约街头，老李头上戴着白色凉帽，低头，正用粗糙的大手为自己扇着风。科学地说，那是一顶女式凉帽，前些年曾经流行过。现在街上很少见了。上次公司组织员工去珠海发的。尽管老李的长脸掩在帽子下面，可是王菊花还是看见了对方躲闪的眼睛，王菊花猜测对方没有看到她。远远看过去，最引人注目的是他身边放着一叠漂亮的胶袋。那胶袋印花是各式各样的，全部款式来自欧美。最上面那条黑底银花，在阳光的照射下，五彩缤纷，花像是要飞出来。其次才是那些他从饭堂偷拿出来的葱蒜和土豆。这样的摆放，如果放在北京上海或是深圳的市中心，一定会吸引不少人驻足，简直就是前卫艺术。可是在这条街上，人们见了，只会发出"切"的一声，便又去看其他了。显然老李忘记这是六约，而不是其他地方，没人会买这种并不实用的东西。

塑料袋是兴业公司的主要产品，其次才是别的。王菊花明白了老李请假的目的。那是些非常值钱的袋子，提供给中信广场、西武、时代广场那样的高级商厦，用来包装各种世界上最昂贵的名牌。偶尔有人拿到饭堂，是那些管理层的漂亮女孩子，用来打包早餐，有的就是单纯用于装东西。当然，谁都知道，那只是一些被央求着没有被销毁的废品而已。

看着老李，王菊花心里很不舒服。显然他又在撒谎，把一百多号人的饭菜推给了她和老傅。即便这样，还是不能扣他的工资。多做点儿事并不会累死人，只是王菊花并不满意老李这种态度。你要去摆摊儿，谁也不会拦着，可是你这是做什么呢，偷拿公司的产品，丢尽饭堂的脸。再说，王菊花本以为老李再骗也不会骗她。如果他对她说了，她是绝对可以做到守口如瓶。想到这，王菊花有些心冷，当初真不该给他提那个醒，害得老傅吃了亏，没当上组长，少了每个月八十块的补贴。

想到这儿，王菊花侧了脸，让自己的身影躲在两部流动车之间，那些悬挂的首饰可以挡住一些视线，她不想老李见到自己。此刻，她放弃了再向前的打算。每年的这天，她都照张相。为了这次照相，王菊花不仅两天没正经吃东西，还吃了两片水果味道的泻药。要知道在饭堂干活，即使什么都不吃，人也会胖的，本来王菊花的脸就有些宽，照出来的相片，怎么看都是一个中年妇女。例如上次公司去珠海，那张合照里她的脸显得最难看。对于这次照相王菊花还想到了方法，那就是闪灯之前，立即咬住两边的腮，让自己脸颊变瘦。这一招，她已经在房间里演习了多遍。可现在计划还是变了，只因老李的横空出现。

"六块吧。"王菊花此刻不想再纠缠袜子而转向耳环。她知道老板已经同意了袜子的价位。

"不行啊。你要先看看货。我的材料不一样，牌子啊，你知不知。"老板眼睛又继续看着别处。

今天是个特别的日子，她有权力不看这张脸。不讲那么多了，只要不是太离谱，多少都给了。王菊花边说边在心里冷笑，脸却继续仰着看那些闪闪发光的小商品。心里想，谈什么材料啊，整条街都是假货，都是给打工妹用的，还谈什么牌子不牌子。去年冬天，王菊花就是在这条街上，买了双贴着意大利标签的皮鞋。三天不到，掉了一只跟，让她出了洋相，那家鞋店离这里也只是几步路。王菊花一边想事一边用眼睛偷偷去斜对面街上的老李。老李的生意显然不好，他也在东张西望。那种望不是盼顾和大胆那种，而像是一个卷尺，量到某个位置就要收回来。

3

袜子和耳环加一支眉笔共花了二十六块钱。付款的时候，王菊花又要了一瓶拉芳牌沐浴液。刚提了袋子准备走，大腿就被肉乎乎的东西箍住，王菊花吓了一跳。低下头看，是个人脸。

竟然是老李的女儿。她正仰起一张油乎乎的脸对着王菊花笑。那是一张胖脸，不好看，也不难看，头发和眼神都是成人的。很容易就想到那是老李的脸。看到王菊花也看她的时候，她喊了一声："阿姨。"

"不好好写作业，怎么跑这儿来呢？"王菊花弯下身子。问完了又后悔。肯定是老李带过来的。

王菊花踩上两个台阶，把手中硬币按在冰冷的玻璃上，拉开雪柜门，拣出一条藕荷色冰激凌，递给她，说："阿姨等会儿还有事，你先吃，记得不要到马路上乱跑啊。"

王菊花之所以这么做，是害怕被这个孩子拖着去见老李。如果这样，老李撒谎和偷东西的事就被发现了。王菊花不想惹这些麻烦。老人们常说，知道别人的秘密是一种灾难。王菊花可不想有这样的灾难。她快速调转了头，向来时的方向走了。路上，她想起在老李的摊位前面竖的那块牌子，上面有句话："环保时代，它即将变成绝品"。

辛辛苦苦生产出来的东西突然变成了绝品，怪不得老板被人带走了呢。她一下子想起出门时，老板那副落魄相。可这么有文化的句子，是谁替老李打的广告呢。

不可能是老李自己的创造，字还是用毛笔写的。

照相的计划只好取消。之所以选那个地方，除了便宜，还有一个原因就是那里的名称。各家都影楼影楼地叫了，其他的小店也不知换了多少老板，门面更不知换了多少次，早不是当初那些。而这家还是王菊花来深圳时的样子，很多地方都变了，这一家似乎停在了当年，还叫照相馆，就连那里的师傅，都没变。王菊花学会了享受，看着那个地方，她认为就是一种享受，正如独处一室的幸福。这两年，她和所有人都拉开了距离。主要是想法不同了。比如说享受这件事，闭一下眼睛是享受，甩掉鞋子也是一种享受。难道一定等到七老八十躺在床上数钱才算是享受吗？不知不觉，王菊花的人生观发生了变化，至于何时变成这样，她自己也不清楚。

袜子虽然好看，却特别容易抽丝。王菊花曾经买过一双，不到两天，便裂了，想缝都不行。如果不是为了完成这些人生大事，她是不会这么大方的。尽管她的观念并不落后，可是她仍需要为自己打算一下未来。比如吃饭，住房花费都不会是个小数目。如果回到老傅家里，钱仍然不能少。比如，坐月子之类。想到这儿，她的鼻子酸了，酸到两个眉头之间。这些事情，竟然轮到女孩子去想，真是可怜。主要是年纪太大，不可能找到满意的男人。许多事情自己打算，该低头的时候必须低头，毕竟过了逞能、不服输的年纪，王菊花越来越认命了。

她很清楚，眼下这双袜子会使她的双腿看起来修长，性感一些。当初她在珠海买那条裙子时，就想到了要再买双配得起的袜子，而且要那种黑的，带花豹纹的。她还闭了眼睛去想穿上那种袜子的样子。

她在倒数第二个档口处停下，要了一碗三块钱的酸辣粉，并免费享受了一张珠江牌湿纸巾。要知道，平时她不会这样厚待自己。可这么重要的一天，对自己不好，她下不了手。满满的一碗吃完，最后连汤也喝掉了。她的心情已经开始好受，走累的双脚没了疲倦。提塑料袋的时候，又想起了什么，于是她站起了身，向着面包店走去。她为自己选了一个七寸的小蛋糕。带着这些东西，她决定去找老傅，让他知道今天是她的生日，然后，以生日的名义约老傅过来，把老傅这个男人拿下。想到这儿，她吓了自己一跳，脸也红了，可很快就平静了。前几天，她就洗净了房间的每个角落，可当时的理由还不是很充分，目的也不是很明确。到了此刻，她已经坚定不移，一是听了老傅那句话，二是受了老李的刺激。

老李和老傅之间，王菊花有过动摇。某个时间里，她甚至有些讨厌老傅。当然，那时候，她的心还在老李身上。

老傅讲卫生，把公司的饭堂洗得干干净净。老李认为这些都是没用的事，再干净的饭堂，如果饭菜不香，都没用。和老李不同，老傅下班第一件事就是去洗澡，用那种上海牌药皂把身体洗得差不多要脱皮，直到再也没有葱花味，肉类味。然后穿戴整齐，步行二十分钟，到横岗最大的公园去跳舞。饭堂和保安都知道老傅去哪儿。老李不会问，他眼里似乎没有任何人。甚至连他老婆孩子也没有，只有一大块一大块精面。他经常看着面发呆，自言自语："这面真好啊真好啊，握在手里，老是冒油。"他的眼睛总像不会拐弯，不像看门的那个老王，总是用眼神去追赶每个人的背影。他不仅站在大门口等老傅：问："出去啊。"

"呵呵，是是。"老傅也回着笑。

看着老傅走远了，老王还眯了眼睛盯着老傅的背影，直到什么也看不见，自言自语道："打扮得像个娘儿们。"

他指的是老傅的白领口和花露水。

老傅舞跳得很好，很多人愿意找他。当然，应该没有人会想到，他只是一个切菜做饭的饭堂师傅。在很多人眼里，他更像一个老师或是单位的会计之类。

珠海回来之后，王菊花开始喜欢老傅。这样想的时候，王菊花眼里再没有了别人。老傅偶尔会从镇里带回一本书。别人都在呼呼睡大觉或是无所事事的时候，他一个人静静地看。看完了，还会发上一会儿呆。这些，她是听老李的家属还有司机们说的。

环保时代、绝品……这话像老傅说的，又不像他说的。因为没有多少人亲耳听他说过什么话。他除了"嗯""好"，就很少有别的话。他总是温和地微笑，和任何人都保持一段距离。

老傅应该是有过老婆的人，只是他从来不提，也没有人见过。有一次，王菊花实在忍不住，问了，老傅没回答，甚至连眼睛都没有看一眼王菊花。王菊花并没有生气。不管怎么说，这一点就强过了老李。总之，王菊花不断在为老傅加分。

环保、绝品，这肯定不是老李的话。老李从来没有说过一句富有哲理的话。王菊花想，如果老李用家乡话说，一定特别难听，一定无比恶心。她听过的比较有深度的话全是用普通话说的，比如今天下午时的老傅。

她是带了蛋糕去找老傅的，尽管天色不早。可她还是发现有人在注意她。她不在乎。只要不在自己的老家，做什么都无所谓，做什么又能怎么样呢？打工十三年，她把该想的事情全想过了。王菊花在这个时间去老傅宿舍，意义非比寻常。她甚至需要有人注意。

王菊花偶尔也会出去散步，不过多数是选择在下雨天。这样的天，路上的人比较少，不用打招呼。

路上遇见老王，他会礼貌地打招呼或是问她："要不要打把伞，雨可是越下越大了。"

"谢谢王叔，不用，反正很快就回来了。"王菊花笑着答。

除了院子里的货柜车，她几乎不用避开什么，即使王菊花与每个人手拉着手，肩并着肩，在马路上走或者大声唱歌也没问题。王菊花早已经不想和任何一个女性拉手，也不想和任何一个女性多说一句话。在男女比例一比七的深圳，她和每个女工都不可能成为朋友，更不要说已有了年龄的差距。当年的工友几乎没有了，回老家嫁人或是去了外地。六约村过去到处是小山包，杂草，现在也全部盖成了楼房和商场。想起当年的情景，王菊花是寂寞的，不知和谁诉说。王菊花想起多年前，自己和厂里的姐妹跑到横岗镇溜旱冰，去大家乐广场跳交际舞的情景。现在没了那种心情，就连最最流行的 QQ 也不愿意玩。自从有了单间和那本日记，她很满足自己的生活，同时，开始有了些计划。

日记是浅蓝色的。第一页摊开很久，她想写点儿什么，一会儿坐在桌子前面想，一会儿躺在床上想。可总是一个字也写不出，似乎不知从哪儿开始。她有太多太多的话，却不知怎么说。那些话憋得她难受，过一段时间就会折磨她一次。有时让她胸部发胀，有时让她发着低烧而必须卧床，揉搓弄疼了自己才行。这种情况通常是白天见了管理层说话，或是在听老板晚会上唱完歌之后。黑暗中，她闭了眼睛，眼泪一滴一滴漏进了心里，发出泉水落在岩石上的声音。有时候，她梦见自己写日记，写得像是一封信，流畅，伤感。收信那个人似乎就坐在她的对面，静静地看着她写。有时是男的，有时又是梳了长发的车间工友。本子也写好了满满的字，全是她心里的话，让她的心满满的，快要盛不下，整个身子也托不住，必须交出去才行，不然她快要死了。

4

想不到老李回来了，显然生意不好。

此刻他好像正藏什么东西，显得心虚和焦虑，见了王菊花，讨好地说了句"老傅不在，准是去跳舞了"。他向床里坐了坐，手指着靠门边的一只钢管椅，意思是让王菊花坐。老李当组长这件事，王菊花比谁都清楚，她甚至觉得这样做对不起老傅。直到想起老李来的时间比老傅长，才有些心安。本以为老李会主动找她表示感谢，或是趁着切肉和面之际，说一两句掏心窝子的话，可是他没有这么做。除了更会利用权力偷懒，让别人多干活，偶尔把苏打水放多以外，王菊花看不出老李有什么改变。

在向床里挪动的时候，老李不小心坐在孩子的书包上。老李的面部生硬两秒钟，随后低下头伸出一只手，去掏书包，并把整个视线投进窄小的地带。最先抓出的是一盒压瘪的光明牌酸奶。然后是一个白色袋子，公司产品，里面装的是两个肉包子，眼下被老李刚刚压成了一堆模糊的肉饼。

这种包子王菊花很喜欢吃。公司的人也喜欢。谁都知道，这是老李的拿手活。几次公司要炒掉他，可是一想起他做的包子，就犹豫了。如今，他又做了组长，更没有什么人想要炒他了。本来，想炒他的理由曾经有几个。比如，他喜欢大声说话，把后勤主管不当回事，还说自己知道主管的很多事。曾经边骂人边拿着刀子切肉。还有，他让女儿住进宿舍，吃饭堂里的饭，喝整个公司百分之十的人才能喝的酸奶。喝酸奶是一种待遇。如果谁的手上突然有了这种东西，那一定是刚刚提拔起来的管理人员。尽管没有明文规定，可也算是一种约定。老李的女儿经常喝，想喝就喝。当时想嫁给老李的时候，王菊花不觉得这有什么不好，孩子长身体的阶段，喝点儿奶算什么。

后来立场变了，王菊花觉出了不舒服。至少是一种轻视，你老李，凭什么呢？我还是公司元老呢。

立场变是因为老李的老婆。显然老李忘记之前撒过的谎，从珠海回来的第二个晚上，老婆突然轰轰烈烈地来了。没有任何前兆，没有和任何人商量，好像兴业公司是他们的娘家。三个人呼哧呼哧挤在一个摇晃的铁架床上。尽管有米色布帘挡着，可其他人不愿意了。首先是两个司机，第二天骂出脏话"还他妈说自己是党员呢，准是假的"。

王菊花听了，心里很乱，觉得自己看错了人，对不起老傅和别的工友。

老李不在乎。不过，为了证明自己，他向别人说到老婆时，从不说老婆而是说家属，最后还要解释为"部队就这么称呼"。

老李家属的个子很高，任何时候都穿着短衣短裤，根本就不把自己当女人，露着像男人一样的胳膊腿，表情也没有变过。有时候，她拿着一个脸盆，站在房间一侧擦自己胳肢窝。她和孩子说话的时间比老李还要少，远远地用山东话说一句什么。孩子有时答有时不答。她不像老李对孩子那样细心，经常趁人不注意，向裤袋里放进两个橘子或是一小块蛋挞。老李家属的到来，使王菊花彻底不想老李了，并且生出了恨，"你老李欠我的"。她不想多看他一眼，甚至不愿意回忆，因为对自己是种摧残。王菊花在寻找结婚对象的路上不愿停滞无效的一分钟，连一丁点儿的痛苦，也不愿意再记起。王菊花的心马上转到老傅身上。

王菊花扑了一个空，老傅又不在宿舍。见不到老傅，王菊花觉得四面八方都藏着一些看笑话的眼睛，就连不远处的山上也有。

老傅到底去哪儿了。王菊花甚至觉得此刻想老傅了。你再不回来，真的不知会发生什么啊。王菊花竟然有点像小女孩，撒着娇，在心里和老傅赌着气。

之前，她跟踪过老傅。是在老李家属来了之后，也就是王菊花最灰心的时候。当时正下雨，她奇怪这样的天，老傅怎么能跳舞呢。好在有雨伞挡着，她跟随在他的身后，老傅好像发现有人在身后，加快了脚步。最后老傅竟然把她带到一个灯光球场里面。灯亮着，可是球场是空的。他一个人坐在看席上，眼睛一直盯着前方，孤单的样子让王菊花有些心疼。王菊花心里想，我们谁都别嫌谁了。你没深圳户口我也没有，你样子老，可我也老了，你家是农村的我家也是，这都没所谓，只要在一起就行。雨下得最大那阵，王菊花想，即使你现在有老婆，只要能离，等多久，我也愿意。想到这儿，王菊花生了自己的气，怪自己没有原则。可很快，脑子里就浮出一个头发花白的王菊花。如果真等到那时，她就连孩子也不能生了，那可怎么办呢。

从老傅宿舍回来，她路过自己的饭堂，见到老李女儿正拿着一瓶酸奶看电视。她挺着一个小肚子，站在饭堂中间，像不认识王菊花一样，没有任何表情。她忘记了一个小时前，王菊花还为她买过吃的。仅凭这点，王菊花就觉得这孩子的为人像足了老李。

难道老李回来是因为自己吗？王菊花有些惊慌。毕竟刚才见过老李在六约街上。她也担心老李注意了她的穿着。这不是饭堂师傅该穿的衣服。如果不是生日，不是老傅，她当然不舍得，什么好东西到了饭堂那种地方也都完了，全变了味儿。

走出饭堂，准备上楼的时候，遇见了守更人老王。王菊花每次都叫他王叔，老王也愉快地应着。老王经常来找老李，听老李说他在部队的事，条件是老李必须听他讲一下自己的见闻。老王最喜欢说《三国》，还说老演员谢芳、王小棠。

他绘声绘色地说："我亲眼见过谢芳。那一天晴空万里，万里无云，她来了，全厂干部、工人，还有附近的老师、学生站在大道的两侧，举着手，踮起脚，夹道欢迎啊。厂长和车间主任握着她的手不放，点头哈腰说话。工人们呢，一直目送着他们进了会客厅。我站在第一排，看得清清楚楚，真是美人啊，现在的人，哪个能比呢。"虽然老王长得很土，却喜欢用名词、形容词，说话慢条斯理，文绉绉，和身份很不配。即使对那些跑到门口捡垃圾的，他也是和声细气，把对方吓一跳。只有讲《三国》的时候，他才显出亢奋，尤其是说到关羽关云长，他会突然稍稍提高了语调，好像关云长是他的什么亲戚一样。

不过，没有人注意和发现这些。老李更不用说了。好几次，老王讲的时候，他都张了大嘴，呼呼睡去。老王也不生气，照样把故事讲完。有两次，王菊花远远听见他又在讲《三国》，可是他演讲的对象不是老李，而是对着她。他有意把嘴上这句说得特别有意思，甚至像是演戏，比如"要想俏就要一身孝"，再比如"这个艳如桃花的女子的心思可真是密啊"。

王菊花每次听了，尽管觉得有趣，可步子却不会停下来。这次有些不同，到了门口，她觉得口干，接着是气喘和无力，感觉老王的眼睛像是长着翅膀，紧紧地追赶着她。

刚脱下衣服，拧开新买的浴液，准备洗澡，就见到木门上的蟑螂粗壮的胡须来回摆动，一双鼓起的眼睛像人一样紧紧盯着王菊花。

"呀！呀！"王菊花惊叫了一声，拿起手中的瓶子护在胸前，并用力推开木门，跑出洗手间，差点儿因为地上的水而滑倒。她撞翻了塑料桶还有用来除异味的花露水。

那是广东特有的蟑螂。个子大，凶猛，会飞。此刻它正追赶着王菊花。王菊花躲到床上，它不仅没放弃，而是更加猛烈地扑过来。

如果不是被一桶水和那张办公台挡住，王菊花一定能逃出门外。对着那个飞行物，王菊花显得悲愤和绝望。她不顾一切地把衣服、枕头和书，还有纸巾盒向对面摔去。听到门响之前，摔出去的是面镜子，那是从老家带过来的，用了整整十三年。

开门的是一个干瘦的广东男人，王菊花在车间见过这个人，只是没有说过话。他的钥匙只在锁孔里插了下，就拧开了门，水桶和桌子被他轻易地就移开了。他轻车熟路，直对着那堆东西过去。看见王菊花只穿了内衣裤捂着脸蹲在地上，他竟没有惊讶，甚至连个招呼都没打，好像这里只是一个公共场所或是真正的仓库。似乎是回忆了一分钟，那人的两只手就在杂物中间翻动了。他取出一只笛子。对着光，看了看，然后，伸手拿起王菊花床上的枕巾，擦了擦上面的灰尘，把枕巾扔回原处才出了门。

王菊花忘记了害怕，站起身，手上那块破碎的镜片里是她的披头散发。

捡了地上的东西，重新洗过脸，便听到了敲门声。这回是轻轻的。打开门的时候，王菊花的眼泪差不多要流了下来，竟然是老傅立在门前。可是很快她就见到了楼道的不远处还有个女人，怯怯地站在暗处。见到这个女的，王菊花显得有些警惕，脸色也变了，她猜测老傅又来借宿了。

"过去的事情，一言难尽。有时间我会跟你说的。这次又要麻烦你，借住一晚，不过明天就走。现在她就是过来洗个澡，还要去办点儿事。"老傅说。之前，他曾带过不同的女人来借住，每次的说法都不同，有的是表妹或堂妹，有时则是老乡。

看着老傅，王菊花想起去找老傅前的想法，她想，自己就以害怕蟑螂的名义请老傅过来，向他示弱，然后切生日蛋糕。主要是给他机会，让他表白。如果他还是闷着，王菊花会用吹蜡烛许愿的方式把话说透，谁也不能再捉迷藏。

老傅一边说话一边把女人推进了王菊花房里，而他自己则替女人拿着一个漆皮的黑色小包，站在走廊上不肯进来。他的样子甚至比那女人还要可怜。

"她也是四川的，你们可能还是老乡呢。"老傅笑了一下，露出腮上两条细长的皱纹。听了这话，王菊花有些难受，这么久，老傅还是不知道她的家乡在哪里。他问过王菊花几次，却没有一次听进耳朵里。

之前，他还带过一个特别瘦弱的女人。那女人一进门就像是要晕倒，躺到床上，吃了王菊花递来的面包，呼吸好像才正常。那个女人没有像老傅说的那样，第二天就走，而是偷偷住了半个月。

老傅显得有些不好意思，他态度严肃地对着那个女人说："你抓紧时间，我在外面等。"然后，他递出眼神，让王菊花跟他过来。到了楼梯的拐角处，他扶着黑乎乎的墙壁无奈地说："其实我很烦，她一直都缠着我，我快疯了，王菊花，你说我应该怎么办。不过都是我自己造的孽，没人理解我啊，我活该受苦的。"说这些话的时候，他的样子好像要哭。这样一来，反倒王菊花需要去安抚他了："这种事也不怪你，反正过去了，明天会更好。"王菊花自己也不明白怎么会冒出这样一句怪话。

听了王菊花这句"明天会更好"，老傅感动得要流泪，他盯着王菊花的眼睛看了半天才说："对她我需要策略，还需要安抚。"最后，他深情地看着王菊花说："唉，我算是明白了，她们谁都没有你好。"

回到房里，见到那女人穿着内衣从洗手间出来，她笑呵呵地看着王菊花，说："沐浴液很香，可惜是假货，一块一块黏在身上难受死了。不过你有样东西很好，很漂亮。"女人伸出细长的手指撩了撩头发，说话和手的动作像是跳舞。

女人竟然向王菊花借袜子。

"什么，那东西怎么能向别人借呢？"王菊花沉下脸，表现出不高兴。她记得袜子还在洗手间，连商标还没来得及拆，本来是准备洗了澡才穿的。

"很漂亮，你真的很有品位，有眼光，会挑东西。"她看着王菊花说。

女人梳完头，进了洗手间，整理衣服，不忘伸出半个头和王菊花说话。"听老傅经常说到你，说你人品好，善良。整个公司他最信任你，什么事都和你商量。"

"他说我什么，我有什么好。"王菊花假装生气了，心里却想着老傅到底说了自己什么好话。

"还说了好多呢。不过，现在我可没时间跟你讲话，记得晚上留门啊，好姑娘。"女人拎着东西跑出门的那刻，王菊花猛然记起老傅也有这个特点，每次有需要，他都会这样赞美人。

5

天还没有完全黑下来之前，王菊花简陋的房间里来了一位意想不到的贵客，这再次让王菊花觉得这不是普通的一天。来者是兴业公司年轻的老板。他从厂外回来了，满面春风，在走廊上东瞧瞧西望望，像是找什么，西服的上衣没有系扣子，宽大的裤脚似乎带着习习的风声。看到老板的时候，王菊花正开了门扫地。老板也愣住了，显然不是来找她。可很快他就给了王菊花一个亲切的微笑，并把脚步移到了王菊花房间。他高高的个子把王菊花显得异常矮小。王菊花被眼前的情景惊呆了，甚至动也不能动。那是一张英俊的脸，高不可攀的脸。从十几人的小厂，到现在的大公司，差不多每一天，王菊花都能见到他，可从不敢指望哪一天，他可以和她说话。公司里许多白领都在暗恋他。可是他做得很好，从来不和她们打闹，说半句轻佻的话。在王菊花眼里，跟所有人都不一样，他是电影中的人，月球上的人。他是王菊花的太阳，也是其他女工的太阳。王菊花感到此刻自己快要被烤焦，连脑子也出现了空白，最后模糊出一个日记本，她需要把自己的心钻到那里面才安全。那日记怎么开头啊，直到冒出"亲爱的"三个字，她才让自己脱离危险，而没有窒息。接下来，她又不知道怎么写了。

老板就这样静静地看了王菊花半分钟才说，"我知道你是王菊花。"他回过头，向着王菊花的房间深处看了一遍，说，"条件这么差啊，真要好好改善一下，确实难为你了。"他明亮的皮鞋开始在王菊花的房间里来回移动。看到彩旗和大鼓的时候，他微笑了一下。再看到那些男式的旧皮鞋和棉被时他深深地皱了皱眉头。王菊花认为如果不是考虑她的感受，此刻，他或许该捂住鼻子离开。可是，他不仅没有，眼里还露出了一些欣喜和得意。随后是他整个身体一步步移到了窗前。王菊花晾晒的文胸和内裤此刻就悬在了他的耳边，老板柔软的头发与它们接近并接触在一起。此刻，王菊花的身体突然肿胀起来，似乎连呼吸都显得困难，她吓得半死，踮起脚做好了准备取下的动作。可她刚刚抬起的手被老板止住了。他没有说话，而是神秘地笑了笑，仰起了脸，用鼻尖轻轻碰了碰垂下的蕾丝。紧接着，他倒退两步，一屁股坐到王菊花的铁架床上。

仿佛再也承受不住，王菊花的整个身体，像是被雷电击中。她扶住了墙，努力让两条腿稳妥些。因为，那温暖的水流再也无法控制，顷刻间溢出体外……

这时，老板的手机响了。他掀起手机盖，兴奋地说道："有意思有意思，完全是意外发现，真的很刺激，我敢保证，你肯定没见过，绝对后现代！"

放下电话之后，老板的眼睛又来看王菊花，并随手拿起了床上的一本新书，是新一期的《读者》。

"我也爱看这本东西。不过这两年太忙，没看了。我还捐过钱，帮助他们造希望林呢。那可是造福千秋万代的事情，我相信很多人都没有这种远见和能力。"老板从王菊花床上来到地上，站着，深思了一会儿，说，"等会儿，可能有个人过来和我说点儿事，就是你今天见到的那个漂亮的小妹妹。今天的事情处理得非常之圆满，不，是漂亮。不仅不会罚我，还会补偿我一笔，他们看错了人，也不看看老子是谁。"说这句话的时候，王菊花才见到老板眼里的凶狠，她灼热的身体不禁打了一个激灵。

电话再次响起，他对着电话把王菊花的楼层、房号讲了一遍。合上电话，他声音变得温柔，他看着王菊花的脸说："等会儿要过来的小妹妹是清华的高才生呢。这次还不行，要是有时间，我还真希望你们能好好聊聊，或许对你的思想和观念都有启发。"他的眼里换成了疼爱和无奈，王菊花也觉得自己是那楚楚动人的女孩儿。因为就在王菊花被送出门的前一刻他竟然满是怜惜地念了句："小家伙。"

按照老板的意思，王菊花要在外面溜达一个小时。王菊花去了饭堂不远处的一块空地，蹲了下来。这个地方风景很美，站在高处还可以望到不远处的香港。只是平时没什么人敢去。听一个工友说过那里埋过很多当年逃港的本地人。尽管地价便宜，可那些打过主意的老板最后还是不敢买。只有那条小狗，像是吃饱了，摇着小尾巴不知从哪儿跑过来，蹲在王菊花的裤脚下。

王菊花倚着墙睡着了，也不知过了多久，睁开眼时见到了老王。他手上拿着半瓶白酒，正对着她笑。王菊花吓了一跳，吃惊地睁大了眼睛。

"怎么睡这儿了，你不怕冷啊。"说完话，他蹲在王菊花面前，用一根明显有残疾的手指，指向宿舍楼，喷着酒气说，"那是一个妖精啊，变着法子要钱，现在又想法子要怀上孩子，就想骗他结婚要财产。谁都看得出来，就是没有人敢劝。一劝他就发火，还说要出国再也不回来。没人敢惹他啊，毕竟这一大家子都靠他吃饭。"说完话，他对着瓶子口喝下一大口。

"他说是清华大学来公司实习的。"王菊花明白老王在说谁了。

老王对着地，狠狠地呸了一口，说："狗屁！就是个女混混，来实习？一个小小的关外来料加工厂。她实习什么，你不知道吗，这是塑料厂啊，环境污染，环保局都发了通知，产品很快就是绝品。好在公司还能接点儿加工的活儿，不然连锅都揭不开了。"他喝了一口酒，又说到那个女人。"这样的女人，我见多了。我什么女人没有见过啊。"喝了酒的老王这次没有讲《三国》，他说："看见没有，洋河大曲，刚缴获的，好喝。那个老李，假冒军人，假冒党员，这回又偷东西出去了。做贼还有理了，说快成废品了，回收都没人要。"停顿一下，他点上一支烟，继续说："我呢，这次悄悄埋伏起来，抓了个现场。这小子太会做了，求我给他写两笔，又送了这瓶好酒。也算他小子识做，不然，我就把他的事全抖出来。"老王对自己的行动很满意。

完全是宫殿的摆设，王菊花在电视上才见过。她根本想不起什么时候与老王进到房间的。

他给自己和王菊花各自又倒了一杯的时候，说："还是酒最好，从来不骗人。"

所有的东西都在王菊花眼前晃动，闪闪发光，王菊花在客厅的吊灯坠上，见到了那个熟悉的东西。与她下午买的耳环简直一模一样。就连那心爱的首饰，也被那女人连招呼都没打就戴出了门。

粉色大床上，一串比正常型号还要大的钥匙，被老王抛高两次。再次落回手心的时候，他说："不公开承认我是他爹怕什么，你看吧，这东西放在老子这儿，放在别人那里能行吗，能放心吗？是老子当初供他读书，让他有出息。我早早就对儿子说，你带她去酒店，去美国的白宫干那事儿都行，就是别糟蹋这种好房子。现在，他什么样的酒店都住过了，变着花样玩啊，享受啊，还嫌不够呢，非要找刺激。那女人是逼他来这间大房子。不过，这个地方，那个骚女人还不知道呢，她要是知道，早就骗到手了，也没了你我的今天。"说完这句，他愉快地笑了，并用粗短的手指解下了王菊花身上最后一个纽扣……

不知过了多久，老王一张脸色变得惨白，酒也醒了，因为他见到了床单上那片细弱的血印。他拖着哭腔："我不是过来给花淋水吗，怎么跑到这种地方了，天啊，这都什么年代了，你留个身子做什么呢，我看你是成心要害我啊！"他叫喊着滚下了床，跪在地下磕头，求王菊花饶过他，不要说出去，不然，明天一早，老板就会叫人把他赶出工厂大门。

天亮前，王菊花爬回了自己的房间。虽然没有开灯，可透过外面的月光，她看见老傅的女人，正斜躺在床上，耳朵上挂着王菊花心爱的耳环。其中的一只脚悬在床沿外，勾着高跟鞋。细细的双腿上是那双蕾丝袜，只是已经裂开，并延伸到百褶裙的最深处。

夜色中，那只蛋糕，正发出银色的光泽。

「远 大 前 程」

刘红宇是大年初五跟父亲吵的架，原因是父亲说的话不中听。

　　平时刘红宇的父亲喜欢喝两口，刘红宇高兴的时候还会陪着。今天他没有陪，主要是因为孩子的辅导老师来了。一看见老师，老刘侧过身子，举着酒杯说，大过年的，老师还不休息，又过来给孩子上课，让人过意不去啊！他举起手里的杯子说，坐下来喝一杯吧。辅导老师笑着说不喝不喝，等会儿还要上课。老刘显得有些失落，不再说话。他眯缝着眼睛，给自己碗里夹了块冰凉的鱼肉，放进嘴里，感觉无滋无味。于是，他放下筷子，眯起了双眼。儿子刘红宇知道，父亲又要说话了。

　　刘红宇知道父亲的特点，尤其是最近，每次说到他自以为重要的话都会低头先想一会儿，然后清嗓子，表情严肃，似乎有大事要宣布。刘红宇咳嗽了一声，意思是让父亲快点儿吃，不要端个架子，摆出大吃大喝的样子，影响孩子接下来的事情。老刘的孙子马上要中考，功课却总是跟不上，老师多次劝说复读，他们担心会拖累班级的成绩，最终影响自己的奖金和职称。这让刘红宇和老婆很是头疼，也想不出好办法。刘红宇的老婆每次在牌桌上想到儿子的学习，都很生气，如果这个时候别人说到自己孩子如何争气的事，刘红宇的老婆就得变脸，早年绣的眉毛颜色越发显蓝，整个人阴森森的，不再说话，空气顿时变得紧张。她有时还会把脾气发到牌友身上，引得对方不高兴。这时，刘红宇就不能睡了，坐在沙发上熬着，直到他们打完，把钱装进袋子里。然后刘红宇会站起来，他得开车去送客人。因为老婆不开心，肯定是不送了，甚至连招呼都不打，尽管是她开车把这些人接到家里的。有时送完客人天都快亮了，刘红宇会把车在街上停一会儿，看着灰蒙蒙的天，再到后面缓缓变化的云彩。刘红宇这一刻想家了，肝肠寸断地想。街上有微风吹过，有些凉意，北方的春天也是这样，夜深的时候还能听到树木拔节的声音。刘红宇觉得南北方在此刻还是一样的，他总是用这些方法解决想念的问题。他在家里，在单位都不会这么做。白天的时候他又能缓过来，像个没有任何想法，早就忘本的人那样，和南方人一起吹牛，吃大排档，用半生不熟的粤语谈论房子、股票，再也不会说到他曾经喜欢的那些话题。他不想让别人发现自己的内心，包括父亲也不明白他的心。尤其最近一段时间，他总是感觉父亲有些不正常，好像有什么心事。

老刘认为自己是个大处着眼的人，绝不会婆婆妈妈。儿媳妇不喜欢北方，每次儿子回北方，都是一个人。再后来干脆就不回了，改成打电话。老刘心里不舒服，但也能理解，还会安慰自己，这些都是小事，不必计较，在事业前途面前，这实在不值一提。

今天，老刘想和儿子刘红宇聊聊。他环顾了整个客厅，眼睛停在了巨大的灰色冰箱上。那里面什么都有，许多东西是刘红宇十年前没有见过的。比如车厘子就能把他吓得说不出话来。这不是小时候见过的樱桃吗，像是放大了五六倍才变成这样，他不相信是进口的，分明就是樱桃，变了种而已，跟那些吃了激素的大头婴儿一样，太红太大，如同塑料做的玩具。红木沙发，还有摆件，每个房里都有计算机，电视落了灰，早就不看了。

所有这些东西，在眼前变了形，老刘有种想流泪的感觉。真是不敢想啊。这日子好到了这个程度，比自己想象的还要好。有了大房子和车，每天吃鱼吃肉，海鲜也是应有尽有。老刘有点儿晕车，不然的话，他会跟儿子一起去红树林，儿子说那边可以看见海。海的对面就是香港。老刘说不急，以后有的是时间。儿子还花钱让他去外地玩过。是去贵州，黔东南，只是老刘在山上犯了心脏病，差点儿没回来。他躺在宾馆里，过了很长时间才算缓过来。躺在床上，他下定决心，和儿子摊牌，把家底交出来。他反复想了下自己的人生，总的来说很圆满，尤其是儿子在自己的教育下，非常成功，也必然有一个远大的前程。尽管儿子不让他这么说，可老刘觉得儿子太老实，太过低调。他相信，整条街上，没有人比得上自己儿子吃的苦多。这让老刘更加相信自己不给儿子钱，让他小小年纪就出来闯世界，吃各种苦，靠自己白手起家是对的，尽管老伴总骂他对儿子不近人情，太狠了，再说家里又不是真的缺钱。老刘反驳道，我这是为他好，他吃过苦，受过累，尝过生活的艰难，就会更加努力，只有这样，他才会成功。老刘在矿上算是有点儿小文化，教育方法也比别人多，在同事和朋友中还是很有威信的，至少儿子在深圳工作生活就算是最好的广告。因为刘红宇富足的生活，老刘也算是一个成功人士了。

尽管儿子多次劝他说，不要炫耀，说自己的事情不值一提，也不要说家里的事，尤其不要提到他。可老刘管不住自己的嘴，不提儿子提谁呢。这辈子，儿子刘红宇是自己的骄傲，他不就是等这一天吗？老刘忍不住要把自己的幸福生活告诉给老伙伴们。可惜他们中的很多人都不在了，尤其这两年，连招呼也不打就相继离去。有时老刘突然得知谁又走了，他会连续几天没精打采。连广场上跳舞的也是新人，老刘觉得跟谁都没有话讲，共同的熟人，共同的话题都没有了。有时候他坐在公园和他们打扑克，玩累了，说："今天我请客，等会儿去吃饭。"没有几个人应他。后来有两个跟了过去，临走前把钱放到桌子上说是自己那份。老刘很失落，自己有钱，也不想再装穷，却没人愿意捧这个场。他真想那些徒弟还有同事，他们总是跑到他的家里，就是咸菜也能喝一晚上。也正是因为这次生病，老刘急着和儿子谈一次，把该说的说了，该做的做了，免得将来后悔。

老刘想对孙子说话的时候，通常会喝点儿酒，不然总是不知道怎么开口。老刘很喜欢这个孙子，只是孙子对他没兴趣，也不亲热。很多时候，老刘忍不住要摸摸孙子鼓鼓的脸，想趁他睡着，去亲亲孙子。他有时发现孙子长得像自己，有时又觉得更像自己的老伴。这么想着，他会抬头看儿子刘红宇，然后再看看孙子，不住点头说，嗯，像，像。这么想着，吃饭的时候，老刘忍不住说了出来，儿媳妇见了，沉下脸，摔掉筷子，不吃了。自那以后，儿媳妇总是回来很晚，直到饭菜冷了。那一次，孙子也没说话，站起身，回房了。

老刘不知道哪儿说错了。老刘对孙子一口一个"我们深圳人"这种说法不太满意。老刘说，等你大了，回北方看看，老家什么都有。老刘觉得孙子还小，不懂事，也没有去过北方，他想继续开导："跟过去也不同了，到时候你就知道，北方的姑娘小伙可好看了，个子高高的，鼻梁也高高的。"老刘心里想的是老婆年轻时候的样子。

"有什么好看，又穷又脏。"孙子看都没看他。

老刘不知道怎么接孙子的话了。

"你看马云、王思聪都是北方的。"老刘知道孙子崇拜王思聪，他一脸讨好地说。他跟家里的老哥们老姐妹描述过孙子，他说孙子也爱老家，总说要回来看看呢。老刘心里盘算着得慢慢做思想工作，然后找个机会带孙子回去一趟，免得人家总说他吹牛。

"不过姓王那小子不像他爹那么稳重，太不会过日子。"见孙子没理他，老刘自言自语了一句。他说的还是王思聪。他总是想拉近和孙子的距离，他希望在孙子用鼻子"哼"的一声之前，把话说完。

孙子看了他一眼，没说话。

他看着孙子碗里的饭，掌握着自己说话的节奏。见到孙子半碗饭下到肚子里，老刘开始把想好的词在大脑里过了一遍。他怕忘了，让孙子笑话。这辈子他也没有在正式场合讲过话，所以他认为即使在孙子面前也是一次公开说话，不能说错了。他知道有人在听，因为孙子的嘴巴已经停止了动作。

他抿了口酒，把酒杯放在离自己稍远的地方说："你爸是咱们刘家的骄傲，吃了那么多苦，终于成功了。"他看了眼不远处的儿子，喝了口酒，发现儿子刘红宇也在看着他，这让老刘有点儿慌，竟然连鼻涕也流了出来。今天不知是怎么了，他想起儿子对他的多次提醒。

他突然觉得自己对不起儿子，让他在外面受了不少苦。他有点儿说不出话来，赶紧喝了一口，并用袖口挡了下脸。

"爷爷知道你也很争气，你肯定能考上北大清华的，为我们家争气。"话说到这个地步，老刘不想再等了。之前，他一直在等人到齐的时候，把自己的意思表达出来。自己这么大年龄了，不留给后代留给谁呢。再说，自己还没有为孙子做过什么呢。

孙子看着他，冷冷地说："我考不上，你还是指望别人吧。"

老刘急了："你怎么考不上了，做人要有志气，要像你爸那样。"

孙子把半空中的菜放回原处，缓缓转过头，看了眼刘红宇，意味深长地说："他是很有志气，不过他那种志气，我没有，告诉你，我这辈子也不想有！"最后一句，孙子的声音很大，他把筷子很响地丢在台上，用力推了下眼前的碗到桌子中间说："饱了，不吃了。"随后孙子站起来，鼻子"哼"了声，他看了一眼老师，老师也很有默契，迅速随着孙子走到了另一个房间。

老刘坐不住了，孙子竟然这样说话，尤其还当着外人的面。以前他也见过补课老师，有次还聊了几句，知道对方也是老家那边的，老刘挺高兴，他不断地说谢谢，还是老乡好啊。老乡见老乡两眼泪汪汪，你以后要多来家里啊。那个老师笑了笑说，我仅仅祖籍是那边，没什么印象，也很少回去。

"不回也是那里的呀，就是到了外国也一样。"老刘表现出不高兴。

这个时候，他看见儿媳妇回来了。她提着一个小包，这小巧的皮包把她的人显得更加肥胖。儿媳妇化着浓妆，在灯光不是很亮的过道里显得有些发瘆。老刘总是感觉这个女人比儿子大很多，只是不敢问。儿子迎上去给老婆取拖鞋。老刘有点儿不高兴，心里说，太贱！还像不像个男人了。儿媳妇的态度和以往不同，像是听见了之前的话。她说："爸你说得挺好呀，继续说。我真希望您的孙子考上北大清华，然后再去牛津哈佛，最后当个国家总理什么的。"前面几句还好，到了最后一句，老刘听出儿媳妇的话里带刺，有点不对劲儿。

接下来，儿媳妇绷起脸，不再说话，直接回了房。老刘不知道该说什么。他看儿子一双眼睛正茫然地对着墙上的画。儿子对他说，这画是老婆的朋友送的，市场上最少要卖三十多万，儿媳妇有时帮人介绍些工程。关于这些东西老刘一概没有发言权，他不明白，这日子是怎么突然变成现在这样，连过渡都没有，一夜之间，变得让他不认识，一张画也能几十万，他不知道去跟谁聊聊这些事。他的老朋友现在都在哪儿，连老婆也离开了，这让他越发没有安全感。

大过年的，老刘认为自己说的都是吉利话，哪句说错了呢。他伸出手，从桌子上慢慢把酒杯、碗拢到眼前，放整齐了，然后慢慢站起来，跟不远处一个进门不久的客人笑了下说："吃饱了，下去溜溜。"

他蹲下身子穿鞋的时候，发现自己的手在抖，跌跌撞撞下了楼，走了一会儿，他感觉自己有些糊涂，平时不是这个方向走的。到深圳几个月了，他还是分不清东南西北。这时，他发现儿子从后面追了上来。他以为儿子是送吃的给他。平时，儿子会趁别人不注意，捎点儿东西给他。"带着吧，晚上吃。"老刘心里偷笑，原来儿子都记得。儿子懂事后，老刘常常提到自己到了井下，经常饿得头晕眼花，半夜要是能吃点儿东西，才有力气。他这么说的目的，就是让儿子知道如果不奋斗，只能到井下挖煤。忆苦思甜任何时候都不能忘啊！

这一次儿子的手是空着的，他快走了几步，追上老刘，他皱着眉头："爸，你能不能管住自己的嘴，少说点儿。什么叫北大清华，谁能去那里呢，你这不是成心为难他吗？"

"怎么不能了？只要努力，用功，你看老师都上门帮咱复习，还不行吗？"

"那是每小时三百元请的你知道吗？"儿子说。

老刘气愤了："凭什么要钱？"

儿子也不客气："真是笑话，不要钱，那他干吗过来，他难道吃饱了撑的呀。"

"你知不知道，那可是咱们老乡啊。"老刘语重心长地说。

儿子用鼻子"哼"了声，不屑地说："什么老乡，没有钱，谁会给你补习。"

听到这儿，老刘情绪低沉，不说话了。他低着头向前走了一段，路上老刘看见有人跟他打招呼，看他，这是他刚刚在小区认识的人。老刘跟对方摆着手，笑着，只是脚上的步子比平时迈得大了些。

老刘的儿子还跟在身后，儿子有些跟不上老刘的脚步。

老刘也不看儿子，对着黑茫茫的前方说："我看不上你对老婆那副样子，就差提鞋了。"

儿子看了看四周，说："爸，您还别说，如果她让我提，我也会乐意。"

老刘的脸已经气得发青，他觉得这真不像自己儿子说的话，分明是在气他，哪怕骗骗他，安慰他两句也行。老刘说："你回去吧，别跟着我。"

刘红宇想拉住父亲，老刘没理，快走了几步。儿子追上来说，住的地方不在这边，你要往那边走。老刘到了深圳之后，儿子说老婆是深圳人，规矩多，分开住更方便，于是给他在小区里租了套房子，说环境不错，尤其早晨起来可以听见鸟叫，楼下还有大树，夏天可以乘凉。儿子说暂时住着，过节放假的时候再让老刘过来吃饭。老刘觉得这样也很好，房子虽然有些旧，在一楼，可是进出很方便。他问了价，也算过，还不算离谱，能接受，如果儿子愿意，老刘就花钱买下来，送给他们，将来就是孙子的，这也是他这个做爷爷的一份心意。

老刘说："这你就别管了，我去转转。"

儿子说："转什么，这么冷的天。"

停了一下，儿子又问："你是不是想我妈了？"

老刘愣了下，没说话，在他心里，老伴根本就没走，每次回到房里，他都和她说话。"喂，你说，咱中午吃芹菜怎么样，降压的，对了，你知不知道公园北角有一大堆野葡萄，我没告诉别人，每次和别人走到那里，我眼睛都望向别的地方，就是不想让别人看见那玩意儿，我觉得跟回到了家一样，特别亲。"

天有些起风了，把街道两侧的树叶吹得哗哗响，老刘觉得深圳这边的风阴险得很，深不可测，呼啸的声音像是在草原上，带动着窗户上面的吹风机一起叫，如同要掀翻这座城市。每次听见这样的声音，老刘都会想家，也不是想家里的哪个人，家里的风不会这么不知根底、无情无义。他想起小时候的家，星星、月亮、小河沟、大树、小鸟，他暗自高兴，儿子竟然和自己一样，喜欢这些。只要闭上眼睛，这些东西就全回来了。老刘的心里藏着很多秘密呢，比如他见过鱼给他眨眼睛，他还发现地下室的猫会把他丢的东西找回来。那一次老刘的老花镜不见了，喂猫的时候，这个猫很不听话，一直乱走，老刘就在后面很着急，跟着它，骂："再走我就摔着了，你想累死我呀。"结果猫把他带到了小区楼下的一个草丛中。在那里，老刘发现了自己丢了很久的一副眼镜，这是老伴临走前帮他配的呢。当时，他的心怦怦乱跳，像是拿了别人的东西一样。他捡起来放进裤袋里，快速离开了那个地方。他弄不清自己的东西，为什么好端端会跑到这个地方。还有一次，他在自己家门口捡到一条活鱼，黑色的，两条长长的胡须正摆来摆去。自己的门口离海很是遥远，附近也没有鱼塘，怎么回事呢？他走了一段路，又回来了，他觉得这个家伙分明是和他打招呼。想到这儿，他变得心慌意乱，从别人家的信箱里抽出一张报纸，把鱼包住，托在胸前，那鱼像个婴儿一样，呼吸着，贴着他的身体。老刘屏住呼吸，不敢细想。他跑回房里，把它放进水桶。到了晚上，他像个做贼的人那样，从床底下带走水桶，离开家，走了很远的路，把这条鱼送到公园的人工湖里。这是他的秘密，没跟别人分享，连老伴也没有。老婆活着的时候咋咋呼呼，爱交朋友，随便和街道上的人都能说上话，没心没肺，这让老刘不放心，他觉得把自己的秘密说出来，老伴很容易传给别人，就不灵了。如果心里没有了这些，他的生活会少了许多东西。想到这里，老刘突然发现自己很孤独，到深圳这么久了，儿子好像有意躲着他，两个人还没有好好说过话。

他认为如果老伴还在，会和他一样喜欢深圳，向往深圳。天气好、干净，哪里都是新的。老家有的菜这儿都有，老家没有的菜，这里也有。公园里一年四季都有人，不像北方到了秋天就冷了，街道上连赶路的行人都很少，不像这里，总有太阳。老刘为了这个太阳，还跟老家的朋友说，深圳太好了，可惜我过来太迟，不然，我能晒到多少太阳啊，一想起北方的冷我就害怕，那不是人住的地方。他认为听电话的朋友肯定生气了，不然不会沉默那么久。老家的房子放了几十年，终于升值了，加上多买的一套，都被政府征了，老刘这回是发大财了，老邻居都这么说。老同事们劝他，你不用去深圳，照样可以过得很好，过自己想过的日子。还可以找个老伴，过一段好日子。可是他不想一个人好，他要把这个钱交给儿子，才放心。从小到大，他故意装穷，为的是让儿子吃苦，磨炼意志，让他明白寒门出贵子，不是猛龙不过江这个道理。儿子在深圳磨炼过，必定会有大成就，大作为，通过自己的努力，成为人上人。老刘在报纸上读过很多这类励志的故事。

听见他这么说，有同事会羡慕他，说深圳是个人才济济的地方，改革开放的前沿，个个都是能人。老刘自豪地说："可惜我没权，要是有权力，有钱，让你们这些老哥们都过来玩。"说这话的时候，他像是深圳的主人那样。他跟那些人说，街上到处都是好看的人。高楼大厦，看着都舒服。儿子每个月挣一万多，家里房子、车应有尽有，过着我们想不到的日子。还有，过去我们说过的香港，其实离这里特别近，走几步就过去了，真像做梦呀。老刘感慨道。

"老刘啊，你这才走几天呀，就说这话，好像咱们老家有多苦一样。"老朋友不高兴了。朋友很不理解老刘为什么把房子卖掉，不给自己留条退路。朋友说："现在老家和深圳差不多，你要是不走，都住进了别墅，快点儿回来吧。"

老刘说："不回不回，他们不让我走，儿子孙子一天到晚腻着我，哪儿也不能走。我只能在这儿养老了。"说完这些，老刘觉得累得走不动了。老刘发现，儿子最近不愿意和他说话，即使说话也是训斥，让他不要这个不要那样，像是要在老婆面前请功。老刘能理解。儿子是单位的人，说话做事都要讲规矩，不能随随便便，有时见到老刘在门口跟人说话，儿子也会不高兴："你招摇过市什么呢，我不就是个小办事员吗，又不能帮人办什么事，更不能收人家钱。"老刘不想解释，他猜测儿子工作太累，心烦，又找不到人说，才对他这样撒娇呢。儿媳妇更少和他说话，有时儿子拿东西给他，或者留他吃晚饭，也要看儿媳妇的脸色。

"爸，别走了。"他听出了儿子在求他。

老刘说："没事，我吃多了，消化消化，你快回去吧，别让他们等着你。"

刘红宇说："没人等我。"

老刘笑着说："怎么会呢，你是一家之主，成功人士。"

"爸，你笑话我了，我就是个打工仔，混成现在这个样子，我知道你看不起我。"

老刘摆出一副客气的样子，说："不敢不敢。"老刘的确没有帮过儿子，希望儿子靠自己出来闯天下，而不要像其他人那样啃老。他觉得自己这么说话一是喝了点儿酒，二是因为他现在有底气了，除了存款，拆迁赔的那一大笔，还有儿子这些年偷着汇给他的那些，他一分也没乱花，都存了起来，包括自己工伤理赔的那一大笔，都用来买房了，像是有内线，知道要升值似的。而这些钱，他都是为了留给自己的后代，当然不是自己的两个女儿，她们毕竟是嫁出去的外人。他为自己有这样的眼力又能沉住气，暗自骄傲。他想对儿子说，我没有乱花你的钱，而是帮你攒着，到时还给你。这些话他放在心里，他盼着这一天早日到来，他要跟儿子、孙子讲讲自己的这番用心。老刘认为，这是平生他干得最漂亮的一件事。为了不暴露自己的真实情况，他给孙子封的红包都是用了儿子事先装好的。为此，老刘得意了好几天，觉得自己厉害，沉得住气。有这样的父亲，儿子怎么会不成功呢。老刘心里想。

此刻，刘红宇说："爸，我也看不起自己行了吗？"

听了这话，老刘脸黑了，说："我辛辛苦苦省吃俭用养活你，供你读书，加班加点，就是为了让你出人头地，混出个样子，你这么说话让我生气。"说完话老刘扭转头，直奔自己住的地方，把儿子甩得远远的。

上楼的时候，他知道这么说儿子太重了，年还没有过完呢。可是话就赶到这了。他知道儿子这些年不容易，当年连租房的钱可能都没有。可那也是必经之路啊，哪个成功的人不是这样走过来的。虽然儿子娶的这个老婆人有点儿老，长得也不好看，可那个女人在龙岗村里还有分红，哥哥在街道是个官，帮刘红宇把工作也解决了。听儿子说，那一大家子有权有势，过年过节，儿子都是在那边过，到了初五，快上班的时候才回来。想到这儿，老刘觉得自己不应该对儿子那么凶，毕竟之前自己啥也没帮到，没资格挑剔这些，再说也都算小事。老刘进到洗手间，洗了一把脸，坐下来，便听见了门铃响，老刘吓了一跳，这个房子很少有人过来，除了水管子漏了什么的。他从猫眼里看见儿子，还像小时候那样，小时候就是这样，犯了错，被老刘打，不许吃饭，儿子只能可怜巴巴地被关在门外，不论多冷的天。

老刘打开门，也不看儿子，掉过头便走。儿子笑着跟在后面，把手从裤袋子里掏出来，多了一瓶白酒，他说："还没过完年呢，再喝两杯。"

老刘说："你不是认为我醉了吗？"

儿子说："你那酒量我还不知道？谁醉你也不会。"

老刘听了，绷着的脸松下来："我是酒桶呀？"老伴活着的时候就是这么说他。

"不是这个意思。"儿子笑了，搓着手，坐下来。

儿子从厨房端出一盘花生米，自己先喝了一口说："爸，你知不知道我小时候还挺崇拜你的？"

"我有什么好崇拜的。"老刘心里热乎乎的。

"你把我们都拉扯大了，受了很多苦，培养成人，不容易啊。我常常想起你当年那些话，说得非常好。"儿子感慨。

老刘说："所以，我想跟我的孙子好好谈谈，让他考上北大清华，比你还要强。"

"爸，我让您失望了，好了，咱不说这个。"儿子说。

"那说什么？"老刘有些不满意儿子的态度。他盯着儿子的眼睛，"咱们家现在什么都有了，只缺个北大清华的孙子。"

"你别忘了，我就是个煤矿工人的后代。"

老刘不满儿子总是答非所问，他纠正道："我后来当了副矿长，咱家什么时候钱都够花。"

刘红宇没有理睬父亲，继续说："如果不到深圳，我在那个地方就是一名矿工，或是下岗的工人，有上顿没下顿，或者为了吃饱饭成了贼，进了大牢，我们这种人，跟北大清华有什么关系呢？尽管她没有什么文化，但是我很感谢她，如果没有她，也许我还在影剧院后边那片出租屋里过着有上顿没下顿的生活。我到深圳这个城市十几年了，除了身上的病，什么也没有。有时我看着街上的高楼大厦想，这里有多美跟我有什么关系呢。

你觉得我风光，可我心里是虚的，连见到一个城管我都会发抖。这些年，我失败的次数太多，心里全是害怕。你知道吗？这些年，我夹着尾巴生活，就是希望自己的孩子能过上好日子，不要重复我的生活，爸你知道我在说什么吗？"

"理解理解。"老刘喝了口酒，突然说不出话。他拉着儿子的手，想对他说点儿什么，可是半天也讲不出一句，他不知道从哪儿说起。老刘后悔之前对儿子的怨恨，他变得语无伦次："没事没事，我没有生谁的气。这些年你不回家，我也不会怪你，再说你也忙。我不会怪她，你这个老婆对我不错，对咱家也算够意思，也算咱们家的功臣了。"

儿子有些不满意父亲的回答，他说："作为男人，你在讽刺我吗？"老刘不知道儿子的意思，他说："你看，过年的时候她还给我一个红包。"老刘从口袋子里拿出来，放在桌子上。接下来，老刘准备把实情告诉儿子，从头到尾家里都没有那么穷，不用再为钱发愁，事情还不仅如此。想了一会儿，老刘说："儿子，我知道这些年你受苦了，不过，今后你不会再这样，需要什么，爸爸都能支持，只要你开开心心地生活。"

儿子听了，摇着头，说了句不用了，便已经哽咽得说不出话。

见到儿子这个样子，老刘也变得温和起来，他说："是不是怪我来得太晚了，我们很久没在一起说话了。"

刘红宇再也不想忍了，他说："没错，深圳是个好地方，可是，请你好好看看，在这个地方，哪一样东西是我的？"

像是前面这句话说得太过用力，刘红宇伤了元气，他用手捂住了自己的脸，陷进沙发里。

「樟 木 头」

1

距离女儿放学还有十五分钟，陈娟娟把车位调成斜向，为了让自己看得更清楚些。在这片被挖得千疮百孔的马路上，有几只黑瘦的小鸟在觅食。那种盲目的蹦跳和并不灵活的体态，让陈娟娟看了心酸。她觉得这些鸟老了，同时还是变了形的人，甚至像此刻的自己，也像十几年前的自己。想到当年，她再次想起樟木头，那间女子看守所。那三个字已嵌进她的身体，溶进她的血液。当然，也嵌进李丹丹的身体。同时把彼此的命运牢牢绑在了一起。

宣布金融危机的第四个月，公司宣布破产。 38岁的陈娟娟随之失去了工作。当然她无须向任何人宣布，和李丹丹的友谊破裂后，她的社会关系已经简单明了，女儿是她唯一的寄托。这一刻，她想见到她，哪怕说上半句话也是安慰，母女间已太久没有过交流。当然，她并不知道真正的原因，更不知李丹丹正在某个角落微笑。她从没想过放弃对陈娟娟的报复。

很快听见了铃声，随后是喧哗前的静止。没人知道，陈娟娟最怕这样的静止，会让她想起当年被抓到樟木头之前那片刻的安静。

先是慢慢地出来几个人，然后才是打闹成一团的学生跳跃着蹿出，偶尔有单独出来的，也都是带着那种丁香般的做作与哀愁。等了近十分钟，才见到女儿江南。阳光下，女儿的脸像是多棱镜，时而闪着深刻的忧郁，时而是那故作的无所谓和野蛮的笑意。她被照射的头发显出耀眼的光泽，脑袋中间处散出一半的发丝，撇开在左右两边的脸颊上，再一路延伸至脑后，才束起高高的一把，朝向天空。江南后面是四个学生，三个男生一个女生。相似的发型。他们笑着，打着，有的还用手去捏另一位异性同学的脸。其中的一个男生瘦小枯干，身材并不像初中生，长头发下面，有只耳钉在阳光下闪烁，流光溢彩。高个女生靠近路边，向着不远处打了两次响指，手臂还没等放好，脚边就飞来一辆绿色的士。车自动开了门，五个人迅速闪进车里。车启动后，尘灰把那片绿色包围了。

陈娟娟看见那绿色滞留在一片洼地前。前面正修地铁，司机在小心找路。透过车窗，她看见女儿那一抹棕红歪在男孩儿细弱的肩上，如同被焊接在一起。陈娟娟想起为她更换尿布、冲泡奶粉的情景，女儿静静地躺在她的怀里像只乖巧、听话的小猫。突然间她就变成不断被学校投诉的学生，陈娟娟找不到理由。隐约中觉得江南正有什么事情瞒着她。她决定早点儿和她谈谈，因为她有种不祥的感觉。

喧哗过后，马路又重新恢复了安静，静得甚至可怕，让她忍不住想起多年前的灵芝路。有两次鬼使神差，她回到那里，熟悉的场景映入眼帘时，像惊悚电影。她就是在那条街上被警察拉上罐头车，直接带进了樟木头。那是距离深圳最近的一个小镇，曾经关押过一些三无人员和特殊职业的女性。为了赚钱买户口，她们在不同时间，不同地点被带进樟木头。当年她也是在那个地方把李丹丹领回来的。陈娟娟记得那一天，街上有很多人，她被行人强行抬起了下巴。想必李丹丹也是这样的境遇。

事情过去了有十五年之久，故事中的背景都已经老旧，包括与她关联的人，老得陈娟娟差点儿也认不出。她本以为一切都可能消失。有一次，陈娟娟到附近的商场，见到了一位曾经的客人，为了躲避，她背过身。听见对方说话的声音，可她还是忍不住恶心。说话之人，嘴的张合之间，露出的像是满口狼牙。她知道，原来自己再也不想见故人，再也不想回到被带走的那条街。她恨自己曾经做过的一切。可没人明白自己的忌讳。或许李丹丹除外，因为有太多记忆与她有关。尽管她总是不断地躲藏，李丹丹却总能把她找到。

　　陈娟娟、李丹丹两个人是同一个地区出来的女孩。因为没有边防证进特区，而留在了关外，后来进兴业厂的时间也相差不了几天。

　　陈娟娟见到李丹丹的时候，她正爬到上铺安蚊帐。半空中，李丹丹见到陈娟娟站在门口准备敲门。她侧过头对着陈娟娟笑，露出一排白净的牙齿。陈娟娟也跟着笑的时候，李丹丹竟然从梯子上爬下来，跑到陈娟娟面前，弯了腰去提行李，随后又翻箱倒柜找剪刀，帮陈娟娟把箱子上面的绳子弄断。

陈娟娟反倒像个闲人,在床铺之间走来走去,她假装打量新粉刷的墙壁,偶尔伸出细长的手指去触摸,看那上面的粉会不会沾到衣服上。她幸福地享受着李丹丹为自己忙活。

似乎是想起了什么,她停住脚步,转身对李丹丹道:"喂,你跑上铺干什么,先来的,怎么还不占个好位置?"

李丹丹身子停在原地,翻了下眼皮,好像才醒悟过来,说:"是啊是啊,怎么没想到呢?"

陈娟娟手指着一个打开的柜门说:"嗯,不是没想到,而是蠢。"

想不到,李丹丹突然涨红了脸,半天说不出话。只是过了一小会儿,她就恢复成原来的样子,嘟起了嘴,说:"哈,连我妈也总说我蠢呢。"

"箱子也要找个不用弯腰,不用爬高的地方放才行啊,这样才方便。"陈娟娟说。

李丹丹摸着后脑傻笑了说:"对呀对呀。"她已经有了小女孩撒娇的样子。

这回李丹丹重新爬回上铺取东西了,来来回回几次,有几件是站在扶梯上面扔的,扔得每个下铺都是,有一件还掉在地上。这回又轮到陈娟娟去帮她整理了。

话题就这样打开，没有一点儿不自然。知道对方还是自己的大老乡时就更进了一步。当然老乡不老乡不重要，工厂里同个县的女工有不少，最主要是陈娟娟看李丹丹顺眼。

吃饭的时候，自然是一起去，一起回。李丹丹开门，陈娟娟进。李丹丹端菜端饭，陈娟娟也吃得自然。那时各个房间都打开了门，陆陆续续有新员工进来打扫卫生或是收拾床铺。只有她们这间到了很晚还是两个人。虽然都没说出口，可两个人都显得兴奋，说了大半夜的话，从自己的出生地、小学再到关外几个厂的工资、加班费，一直说到影视明星里面到底是陈小艺漂亮还是香港的李嘉欣更有气质。到了后半夜，彼此都失眠了，从身体翻来翻去的次数上就知道。第二天早晨，有些不好意思，陈娟娟眼睛肿肿的，李丹丹的样子倒没什么变化。上班之后，擦肩而过时有会心的微笑。晚上回到宿舍，没有任何过渡，就已经有了默契。第三个晚上，谈话开始涉及内心。这是陈娟娟不愿意的。

李丹丹流了眼泪。讲的全是难受的事儿，例如被拉长无端欺负，连上厕所久了都要挨骂。拿了钱想办个边防证，去特区看看地王大厦，最后不仅证没办成，还差点儿被那个办事的人占了便宜。所有的这一切，除了时间、地点不同，陈娟娟也全都经历过。那个姓刘的办证人，把陈娟娟带回家，最后是推倒了一袋子米粉令对方无法出门，她才得以脱身。她还说到厂里许多女工都在急着赚钱买户口，或是想办法嫁给本地人，这样就不用再回到农村了。即使回去也难嫁人了，过了年龄不说，村里男人不敢娶她们才是真的。

见陈娟娟没接话，李丹丹又说："听说光城市增容费就要两万，别的还不算，办个户口全部加起来就要七八万。"户口是每个女工的梦想，白领阶层就更不用说了，她们每天都会想到这个问题，甚至所有的努力也都是为了户口。有了户口等于有了一切。有的女工为了这个，不惜冒险。

让陈娟娟意想不到的是，说到最后，李丹丹突然失控，如同喝醉了酒，连语调都发生了变化，她问陈娟娟知不知道樟木头这个地方。

陈娟娟吓了一跳，以为听错了，手脚变得冰凉，连头皮都麻了。她躲在黑暗里，装作没听见，眼睛转向窗外那片漆黑。最后翻了个身，假装睡了。显然这是陈娟娟的禁区。为了不去想这三个字，平时她总是让自己忙起来，尽量不上街，不和人谈心。

陈娟娟学的专业是英语，如果不到深圳，会当个中学老师。即使到了深圳，也基本算个有专业的人，用公司的话说，最有希望成为深圳人。陈娟娟说话算数，做事果断，干练，人长得也漂亮。正因为如此，多数人认为陈娟娟一直照顾着身无长物、只会打杂，连填写简单报表都不会的李丹丹。不然凭她的条件，李丹丹凭什么活得那么滋润啊。谁都这么认为，只是陈娟娟不承认，也不允许李丹丹自己说出来。比如这个六人一间的宿舍，就是陈娟娟找经理争取到的。宿舍可以见到阳光，通气好，后来又安了空调，不收电费。多少人羡慕啊。不过，陈娟娟也会让李丹丹做些力所能及的事情，比如洗衣服、打饭、按摩一下头。樟木头之后，陈娟娟患了严重的神经性头痛，经常失眠、呕吐，还有关节炎。当然，她不会让人知道。李丹丹做过农活，劲儿也用得对，也乐于做这些。"我就是有力气。"每次，陈娟娟都故意避开宿舍里的人。而李丹丹觉得无所谓。"怕什么，反正大家都是女的。"

陈娟娟不说话，仍然坚持自己的，她不这么看，除了不想别人看见她们太近乎，更主要的是这个病不想被人见到。她当过拉长，组长，现在是高级文秘。今后还要升职做经理，不能给人留下把柄和话题。所以两个人宿舍被调开的那些天，头有多疼，陈娟娟都忍着。直到李丹丹重新被调回来住进宽敞的白领楼。看见陈娟娟难看的脸色，她二话不说，放了行李，就把手放在陈娟娟头上。陈娟娟和李丹丹的感情真不是一两句能说清楚的。

再后来因为遭人嫉妒，也有人说闲话，甚至说得已经相当难听。陈娟娟不得不准备跳槽。尽管很谨慎，准备离开的前一天，李丹丹还是发现了，她不说话，低着头流眼泪。陈娟娟假装不知道，毅然决然去辞工了。半路上，李丹丹还是追来了电话，是那种揪心的声音，说："我想跟着你去，你不在这里，也没有什么意思了。"

陈娟娟说："过段时间，等我安排好了，会来看你的。"对着电话陈娟娟也流了泪。她觉得自己有些不正常，不然，怎么会在意李丹丹这种人的感受呢。想不到，在陈娟娟犹豫期间，等来了升职和老板器重的大好事，工资涨了不说，还把搬弄是非的人降职了。所以她在内心里还是感激李丹丹。

2

　　没接到女儿，陈娟娟回家了，睡了一觉，醒来发现天已经暗下来。楼下有吵闹声，大人的说话声和小孩的尖叫，还有鞋走在石板上及关开铁门的响声。陈娟娟想起小时候看露天电影时的感觉。那些供孩子摇晃的旋转木马，正放着各种音乐。其中有一首，陈娟娟、李丹丹还有许多同伴不敢听，害怕听，听了全身关节都会疼痛。"世上只有妈妈好，有妈的孩子像块宝，投入妈妈的怀抱，幸福少不了……"音乐一直响着。当年，由于这部电影，二十个姐妹被大火埋在废墟下面。她逃过了那次劫难。当时陈娟娟没有去的原因除了要翻译一份美国来的订单，更主要的是，陈娟娟不愿意上街。她不愿走在洒满阳光的大街上。

　　睡醒的陈娟娟刚说了句"太累，想休息几天"，婆婆的脸色就变得难看。电视、广播都在说经济形势，金融风暴，婆婆就猜到陈娟娟已经被炒了鱿鱼。家里的状况一直不好，村里的厂房分红也少得可怜。陈娟娟当然不能顶嘴，否则就等于故意气婆婆，肯定又换来几天的哭闹。"没有什么人想要白养着北方女人。"像是陈娟娟骗了她，当初家里就是考虑陈娟娟的高薪才同意结婚，不然，南方人谁会娶个北妹呢？

想到女儿快要下课，她迅速起了床，整理好房间，换上出门的便装，把脱下的睡衣裤丢进洗衣机，拿了钥匙，穿好鞋，出门，她要到楼下买点新鲜猪肉和青菜，准备做晚饭。

走在买菜的路上，陈娟娟想着前晚的不愉快。陈娟娟和婆婆生气的起因是丈夫江正良。他正和厂里的一个女孩子来往，甚至跑到女工宿舍去混。婆婆护着儿子。"男人嘛，出去玩玩算什么事呢。"转过头，她就骂儿子太蠢，做事不小心，被陈娟娟听到了。其中那个名叫阿采的亲戚，趁机搬走了陈娟娟新买的榨汁机。婆婆说："拿走吧，我们这样的家庭可用不起，除非有人可以赚到大把钱。"

还是拿着女儿需要补充营养这个理由，陈娟娟才把榨汁机从顺电百货买回来。

没结婚的时候，陈娟娟偶尔会榨些果汁、做个沙拉与人分享。当然是做给人看。她要让别人觉得自己一开始就是白领，不缺钱，更不会因为钱而做出什么事情，例如攒钱买户口这类敏感的事。她需要用行动粉碎别人对她的猜测。当然，这些小资的做派在婚后被小心收藏。陈娟娟明白，不能影响人生大事，户口户口。为了它，过去她什么都能做，现在什么也都能忍。

排骨十六元，菜心三元，还要了一块钱的小葱。在收银台交钱的时候，陈娟娟才想起没带购物袋。主要是自己脑子还没转过来。十几年过去了，突然间电视、报纸上到处都是环保的口号。翻天覆地的变化，曾经的荒山如今成了商业大厦或是高档住宅，很是让人恍惚。让陈娟娟感到恍惚的还有天气。突然间就凉了，凉到了脖子和指尖，中间没有过渡。唯一值得安慰的是，她用存下的那笔钱，购置了一套单身公寓。尽管地段不好，面积也小得可怜，但她看中的是户口指标。虽说是蓝印户口，却总算有了希望。

丈夫迟迟不同意办理她的户口随迁，最后到连婆婆也参与进来，吵过闹过都无济于事。到了后来，态度越发坚决。通过购房入户也是无奈之举。买房的钱，是她当年换回来的。正是为了这个，她才进了樟木头。所以说，这笔钱，她只想用于自己。

在深圳，哪个女人没有历史呢。如果不是李丹丹还有后来发生的事，那一页就彻底翻过去了。可李丹丹总是不让她翻过去。

看着排成一堵厚墙的大米和花生油，陈娟娟又想起工厂，工厂门前的小店里也有那样的一排，当然都是假货。想到这些，自然会想起曾经的姐妹李丹丹。此刻，她一定不知道陈娟娟被炒了鱿鱼，过成现在的样子。这些年，高兴或是不高兴，陈娟娟都会在第一时间想起她。

导致陈娟娟与李丹丹关系破裂的人是沈小姐。在深圳，除了李丹丹，她是陈娟娟生命中一个特殊的朋友，陈娟娟当年离开樟木头的担保人。正因为如此，陈娟娟一直躲避着她。很长一段时间，她都在纠缠陈娟娟，主要是不断借钱。陈娟娟转了几次厂，可最后她总是能找到。

不是沈小姐，陈娟娟可能会和李丹丹一直好下去。陈娟娟知道自己对李丹丹的感情有些不同，甚至是依恋。除了相貌，还有李丹丹那种心无城府都是陈娟娟喜欢的。辗转这么久，人的变化都很大，个个人都像黑洞，不能轻易接近，否则掉进去再也不能出来。

为"十一"准备节目，陈娟娟和另外几个工友在厂部练习诗朗诵《祖国母亲》。陈娟娟除了上节目，还要负责组织联络。回来晚了，错过了吃饭的时间。不过，她并不担心，她知道李丹丹一定会替她打好饭菜。李丹丹曾经对陈娟娟说："你条件好，就多参加吧，我会找些人鼓掌做啦啦队啊，把车间的人全叫上，也替你打好饭。"陈娟娟看着李丹丹薄薄的嘴，突然有了拥抱的冲动。这个想法把她自己吓了一跳。

下班之前，陈娟娟还特别交代李丹丹，别打土豆片啊，那东西容易让人长胖。为了演出，陈娟娟正有意减肥。

想不到的事情还是发生了。回到房里，她看见了沈小姐和李丹丹并排躺在床上，之前的说笑声只留了余音盘旋在宿舍的上空。陈娟娟见到自己可怜的饭盆正空空地孤独地放在原地。事先沈小姐来过电话，又说借钱。杂事太多，加上又有排练，被陈娟娟忘了。

见了没敲门就闯进来的陈娟娟，床上的两个人吃了一惊。先红了脸的李丹丹上半身从床上弹起。随后是沈小姐也跟着坐起。两个人一起对着陈娟娟笑了。因为是上铺，腰挺得都不是很直。沈小姐手上还拿着那个粉色的小公仔，两个手指卡在小熊的脖子上。那是李丹丹过生日，陈娟娟送的。之前，李丹丹为陈娟娟打过一次架，头发被潮州女人拉下一撮。起因是两个人在六约市场里面买东西，陈娟娟没有经验，看中了一双凉鞋，讨了价还了价，却又不买，被几个女人打翻在地。不是李丹丹上来帮手又大喊大叫把保安喊来，会发生什么事也难说。

此刻陈娟娟的脑子出现了空白，手和脚肿胀起来，脸变成灰色。李丹丹像以往那样，踩住梯子，跳下床，光了脚找鞋，还不忘和陈娟娟说话："哎呀，饿了吧？光说话了，我都忘了打饭。"

陈娟娟没说话，快步走到铁柜旁边，踮起脚从柜子上面取下一个圆形的铝饭盒，把里面用来洗碗的一团铁丝和洗洁精用力丢在旁边的桌子上，头也不回，出了宿舍门。

判断出李丹丹和沈小姐说了很多话，是陈娟娟根据时间还有两个人的眼神。血不断涌上陈娟娟的脸和脖子，脸和身体严重变了形，她觉得自己没有了往日的轻盈。她最担心的是两个人的话题。李丹丹和沈小姐先前不认识，如果不说陈娟娟，她们还能说什么。想想她们可能说到的每句话都让陈娟娟害怕。那是陈娟娟一生的绝密，对任何人都不能讲，包括父母，更包括未来的爱人。她准备烂在心里。

陈娟娟和李丹丹来自同一个县，刚开始夜晚谈心，把地址全部交代了。如果不小心，很容易家里就会知道。这也是陈娟娟很少和老乡联系的主要原因。陈娟娟有意不让她们接触，就是因为沈小姐知道太多。现在两个人谈得如此热乎，陈娟娟知道自己还是没有逃脱沈小姐的掌心。因为樟木头，她握住了陈娟娟的命门。

走到拐角处，李丹丹还是追了出来："陈娟娟，你不等我们啊！"

陈娟娟听到了并没停，只是脚步慢了些。等到李丹丹拦住她的时候，她才停下来站住。她身子绷得很直，眼睛也根本不看对方，说话的时候冷着脸："这么快就我们我们了，那还是你们一起去吧，我可不想打扰。"

李丹丹愣了，半天说不出话，胸脯一鼓一鼓，泪水在眼眶里打转，说："还不是为了你吗，是你的朋友，我才没让她在门口站着，被人看来看去的。"当然她说得没错，上铺没有布帘子，方便，否则她们去哪儿呢，下面连个椅子都没有。

"嗯，你做得对。我不对，总行了吧？"陈娟娟把脸彻底转向了街口。她知道这样做对李丹丹不公平。可是她必须这样心狠，刺激李丹丹不要再理那个沈小姐。

"你干吗这样啊……"这一声的后半句，终于拖出了哭腔。

陈娟娟不等李丹丹眼泪流出，就端着饭盒跑远了，里面的勺子叮叮当当地响着，引来过路人都回过头看。

跑的过程中，陈娟娟不知不觉挺起了胸，像是看见了自己的脸，她一度产生幻觉，甚至幻想李丹丹从后面追来，拦住了路，对她痛哭流涕。过去，李丹丹什么都听她的，包括交往哪些人，与宿舍人的关系，还有买东西。有一次，李丹丹床上摆了一个小音箱，陈娟娟看见了很生气，整天不想和李丹丹说话，她觉得李丹丹就是喜欢乱花钱，虚荣，买些与身份不符的东西，直到李丹丹说是表哥淘汰下来的，陈娟娟才不那么生气。而这次的事情与任何事情的性质都不同，只是严重的程度陈娟娟无法说出口。她的目的只有一个，切断信息源。

不到半个小时，陈娟娟就带着剩下的半盆饭，磨磨蹭蹭回到宿舍，之前她去厂门前的小店买了两罐啤酒，喝完，才转回头。除了这间厂，她不知道该去哪里。在外面，如果碰上假保安查证，不知会发生什么，要钱都是轻的。再说，她更担心见到当年认识的那些男人。

还没进门，她就闻到了猪肉的香味。那是陈娟娟熟悉的气味。过去的一年里，李丹丹总是在宿舍里做各种好吃的，比如土豆排骨，白菜炖肉，蒸腊肉。这样的菜，没人能抵挡。饭堂的那些菜吃得人都想吐。当然，陈娟娟会在没人之际，把伙食费拿给李丹丹。职位变动后，她的工资明显比李丹丹高出一大截。她希望用伙食费的名义帮助李丹丹，也是为了感谢她的好，这样也不会伤害对方的自尊。

进门那一刻，陈娟娟让自己恢复了正常。她看见桌上的土豆炒肉、白菜炒肉正散着热气，旧报纸上摆放着三只空碗三双竹筷子。而李丹丹看她的时候还是那样笑眯眯的。陈娟娟的心猛烈地抽动了两下，眼睛有些湿润。她想起了李丹丹的好，比如她总是让着陈娟娟，遇到宿舍有人说难听的话，李丹丹都是旗帜鲜明地站在陈娟娟这面。她还帮陈娟娟缝过被子，枕巾，偶尔还会有抽丝的裤袜。每天早晨起来喊她起床，陈娟娟喜欢赖床，每个早晨都是李丹丹一次次喊她起床。这样的事情，连父母都没有帮陈娟娟做过。如果不是因为深知沈小姐的动机不纯，陈娟娟不会这样对待李丹丹。她知道这样做对李丹丹不公平。

吃完饭，三个人散步去了趟五区市场。厂里的休闲方式也只有这样。陈娟娟知道必须把戏演好，否则显得心虚。为了制止她们进一步的接触，她还要多说点话。当然，她又不能得罪沈小姐，只好拿李丹丹开刀了。她心里一遍一遍地说："对不起啊李丹丹，看在我之前对你那么好的分上，请你让我说几句狠的吧。"于是她说了，首先说李丹丹没眼光，总看地摊货，还说李丹丹买的鞋过时，又揭短说李丹丹几次鞋跟掉下来。她指着其中的一家店说："看，就是掉在这家门前，她扶着我，一瘸一拐进到这家，只好又买了一双。过了没多久，又掉了，为什么呢，全是便宜货。"陈娟娟感觉这些话根本不像从自己身体里面发出来的，平时她不会说这些，李丹丹说的时候，她甚至还会批评。可眼下全部暴露出来。李丹丹听了也并不生气，只是傻笑了两声。学完了李丹丹当时的窘样，还不想住嘴，她接着说："像李丹丹腿这么短的人，曾经穿了件又厚又长的大衣，走路像只企鹅，惹得全厂里的人都在背后笑她。可她不知道厂里有人笑话她，还大大咧咧地说也要办深圳户口。"户口的事是李丹丹和人打电话时说出来的，被陈娟娟听到过。尽管她嘴上没说什么，可是心里还是觉得李丹丹挺不切实际。除了生李丹丹的气，她恨沈小姐欺人太甚。才几个小时，就让李丹丹发生了变化，主要是眼神和态度。过去李丹丹也怕陈娟娟，可尽管如此，还是有撒娇和依赖的成分。现在，没有这些了，有的只是眼神的躲闪和沉默。走到五区拐角卖那种纸钱的档口时，李丹丹不笑了，停下脚步，定定地看着前方的招牌。就在她走进去之后，陈娟娟追了一句："我看你是越来越老土，没有一点儿文化。"

李丹丹盯住了陈娟娟的眼睛，不再说话。

直到过了很久，陈娟娟才想起，确实忘了李丹丹昨晚说过，第二天是父亲周年的祭日。更没想到，这些傲慢和讥讽的话语，已为自己的人生埋下了祸根。

两个人共同把沈小姐送上中巴之后，陈娟娟本来正要对李丹丹说对不起，可还没有等到说话，李丹丹就招手叫了辆摩托车，跳上去，跑远了。

李丹丹这瞬间的变化，让陈娟娟明白了事情再也难以挽回。沈小姐还是说了什么，尽管不会太多，一定留了悬念。她一定会给陈娟娟求饶的时间。可陈娟娟不会去找，她再也不愿想到这个人。

紧接着，李丹丹连续两晚没有回到宿舍，陈娟娟凭直觉知道她去找了沈小姐。显然她不想回头。

3

女儿的房门很少向她敞开。每次喊她吃饭，都要等上许久。江南终于露出一个头，眼神冰冷，并不看陈娟娟。坐下来的时候，陈娟娟见到女儿的头发又染过了，变成了浅绿色。除了头发，裤脚变窄了，衣服的袖子长，而上身显得短小。这些都是学生里的另类。有次趁女儿出门，陈娟娟去翻过她的书包，不仅有个电发器，还有几本韩国图书，她只翻了几页就吓出冷汗，全是骂老师和对付家长的话，有一些插图也都是成人那种。翻到最后，她快崩溃了，是半包香烟和一把水果刀。重新躺回床上的陈娟娟头痛欲裂。女儿变成这样，连预告都没有。不知丈夫江正良知不知道。最近他又和厂里的女工好了，这是管理人员的特权。手段似乎比过去高明很多，至少不会让陈娟娟发现，连表情都看不出变化，对此，陈娟娟曾经发过火。分居前，他经常在床的另一头对着墙壁手淫，有几次，陈娟娟半夜醒来，见到了，忍不住想大哭一场。可是一想到户口，她就必须忍住。她需要再卧薪尝胆一段时日，把户口问题解决后再说其他，毕竟等了十年，这么快就放弃，当然无法甘心。

结婚前，也有个男孩喜欢陈娟娟，是个工程师，陈娟娟也有感觉，可想到还是不能解决户口问题，便死了心。那个时候，她的心里只有户口。当年如果不是为了户口，她也不至于走到那一步，受那么多苦，还被沈小姐这一伙人敲诈。只有拿到户口，她才能解脱。不然，她会一生都不甘心。

户口使本地人和外地人的身份有了完全的不同。江正良没文化，腿脚也有残疾，可是因为是本地人，便能以村里人的身份在深港合办的纸皮厂做管理人员。失眠的夜晚，对着空出一半的床，陈娟娟想，如果不是李丹丹那样逼她，她不会那么急着走出这一步，插进别人家庭，抢了别人的老公。而下决心做这些，是她接李丹丹回来的那个晚上。

李丹丹并没有例外。

到了樟木头的第二天中午，李丹丹就给陈娟娟打来电话。一拿起电话，陈娟娟就听见哭声。李丹丹说，她从电影院出来之后，又去了趟二区买东西，在那块山坡边上，有个罐头车停在脚边。车上下来两个人，不由分说，就把她架上了车。

"没事没事。"陈娟娟不想听李丹丹的解释，还有那些编得并不圆满的谎话。当然，因为没有证件而被抓到樟木头的事情也有很多。

看着李丹丹委屈的脸，陈娟娟心里不是滋味，好久没这样了，李丹丹总是躲着她，说话也很有分寸。现在即使没人叫醒，陈娟娟也能按时起床了，看来生活还是发生了变化，谁离了谁都能活，甚至只有离开才能活得更好。

进宿舍前，不知是受了惊吓还是被饿的，李丹丹连语调都变了，变得不自然和内疚地说了声"谢谢"。见她这样客气，陈娟娟的心又变回冰冷，黑着脸说："真奇怪了，你怎么不找那个姓沈的呢，她不是跟你无话不谈吗？"

李丹丹眼圈红了，扭过身去，想哭。

陈娟娟仍然不放过，继续说："不过，还有机会，等你下回被拉到樟木头，再找她吧。"

本来就是说说气话。为了让李丹丹出来，陈娟娟不知打了多少电话，赔上多少笑脸和好话，最后还差点儿挨了保安的耳光。陈娟娟希望李丹丹能看到自己的付出并回心转意，不再和那个沈小姐来往了。想不到被关了一天的李丹丹听了这话，马上变了脸，不再吭声，身子重新变成硬硬那种，脖子上的青筋都露了出来。转身的时候，竟然发出两声冷笑。后半夜，陈娟娟枕下多了800块钱。是陈娟娟当时替她交的罚款。看了钱，陈娟娟坐在床上像丢了魂。

事情过去不到一个星期，有天晚上，陈娟娟洗了澡，提着桶，准备上楼，就见了楼梯上对着她笑的沈小姐。陈娟娟愣了下，才说："来了。"

"到了一会儿。"说完这句，沈小姐伸出手拉住陈娟娟的衣角。陈娟娟身子还是有些不自然，却还是随着她拐进了楼后面。沈小姐从自己钱包里拿出一张空白的表格，递给陈娟娟。

陈娟娟看清楚了，是一张办理蓝印户口的申请表。

那种表私下里交易要两百块钱一张，不仅如此，主要是很难搞到，据说只有内部人才有办法。

陈娟娟不说话，手也没动。她再也不能信任这女人。

"怎么，不稀罕啊？"沈小姐笑着。沈小姐显然知道陈娟娟仍然在生气，就说，"还在生我们的气啊？不就是没通过你介绍吗，真小气。"

陈娟娟的心沉了下去，她们好像亲密得已是一家人，把陈娟娟隔在了门外。

她在心里哼了声，知道李丹丹已经把陈娟娟之前的表现全部告诉了沈小姐，想起交往了那么久，倒不如个新来的人谈得来，说得深入。站在人来人往的厂里，她不生沈小姐的气，而是恨李丹丹。

陈娟娟想了想仍然抗拒着，担心又是陷阱，说："还是拿给别人吧。"

"是李丹丹让我给你的，你不是想拍自己在深南大道和国贸大厦前的照片吗？"沈小姐笑着说。进特区里照相是她和李丹丹刚认识第二天说的，当时两个人在逛五区的街，街上很吵，可是李丹丹竟然听进去并记住了。

不只是鼻子酸，竟然还有一种热，甚至陈娟娟连整个身体都有这种怪怪的热流。

眼泪差点儿掉到纸上。感觉自己真不该那样对待李丹丹。

送走沈小姐，陈娟娟回到宿舍就想和李丹丹说话。她的脸对着李丹丹，等她的眼睛看向自己。她想给自己和李丹丹和好找个台阶，可李丹丹一直戴着耳机在听歌。陈娟娟知道，她还在生气。虽然还不到半个月，可李丹丹已经发生了很大的改变，不再是那个对陈娟娟言听计从的小妹妹了，甚至连形象都发生了巨大的变化。尽管伤心，可她还是不恨李丹丹。她只恨沈小姐，凭李丹丹的文化根本没有这样的智商，更不会这样想问题，包括生气时的种种表现。

她苦着脸，歪着一高一低的肩膀，对着床上的李丹丹，仰了脸求和："疼了好几天，快点儿下来，帮我按按？"

李丹丹也没想到陈娟娟会这样，脸的颜色和形状都有了变化。只是很快，她就冷冷地把话从上铺掷下："不会！我不会那个，我可不是那些发廊妹！"

陈娟娟第一次体会时间的漫长。出了门，陈娟娟把手放进口袋，先是无力地摊着，挨着，抚摸着，手变成了五只钢针正准备刺透那张她曾经期盼的表格，李丹丹的声音就追了出来："不用你来同情，我受不起。你最好还是同情同情你自己吧。"

陈娟娟停下脚步，心仿佛已成了一个冰块，说："我可没有本事同情人，即使有了那样的资格，我也不会去做。你是靠能力吃饭。记住了，我们是一样的。"说这些话的时候，陈娟娟觉得自己像个男人。

李丹丹停住脚，斜立在陈娟娟右侧，挑衅着："不是吧，你心里不是这么想的吧？你是真正的白领，而我就是个在车间里验货的。第一次见面，你不就说过我'蠢'吗？是啊，我是蠢啊。这样你就可以施舍，你总是不断用行动证明比我强，比我清白嘛，这样你才有资格同情我拯救我。"

陈娟娟的一张脸在瞬间变得肿胀："我没有这个爱好。"她别过脸，藏起突然袭击的泪水。

"她们说得没错，你就是虚伪。可作为你过去的朋友，我必须提醒你，本地人眼里，我们一个个都一样，都是鸡，他们谁都不会要，对谁都是玩玩。你不是也被玩过吗，怎么还不清楚。"

"她们是谁，是那个过来挑拨离间的沈小姐吧？她到底是什么样的人你知道吗？”陈娟娟一张脸在瞬间变成灰白，心快要跳出来，担心的事情还是发生了，包括陈娟娟被本地男人抛弃的事情。那是当年陈娟娟醉后的哭诉，最后都成了沈小姐威胁的筹码。她最后还是把"无赖"这两个字压了下来，说出了这两个字，无疑会把所有的屈辱都带出来，苦也就白受了。为了户口，她需要再受些苦。

"至于谁告诉我的，根本不用你关心。"李丹丹语速慢下来，冷冷地接着说，"我也告诉你，我根本就没有什么表哥，那音箱是我自己买的，不要以为你才有文化，素质高，才不老土，才有资格听音乐。你说得没错，其实我们一样。"

陈娟娟不想多说半句话，她忧郁而无望地看着马路，马路上来来往往的人很多。这个秋天，摩托车少了许多。她们曾经坐着摩托偷偷去看录像，去打游戏、溜冰。而这些的确随着后来陈娟娟职位的升迁而变成了回忆。可是她不认为自己看不起李丹丹，而是觉得白领要有白领的样子，否则容易让人想到出身问题和之前的底细，想不到被平时大大咧咧的李丹丹全都记在了心上并且用来攻击她。

最后，李丹丹说："明天是我的生日。"

陈娟娟认为如果不是这件事情，她或许不会那么快就结婚。

李丹丹的生日已经意义不同。去不去，陈娟娟都痛苦。如果在以往，她会真心地为姐妹去祝福，甚至是帮忙张罗。可现在，她们之前发生了这样重大的事情。公司肯定很多人想看热闹，如果不去就显得小气了。

陈娟娟知道眼下必须和已婚男人江正良好上，让他开上摩托车一起去招摇。只要对方能给她一个户口，哪怕江正良的脚有少许残疾也无所谓。只要能结婚。在这样一个时刻，她需要让李丹丹知道，我不仅没有被人抛弃，找的还是厂里女孩个个都羡慕的本地佬。想到"抛弃"两个字，陈娟娟心里难受，她觉得自己不单是被男人抛弃，而是被李丹丹，被整个世界。

来了很多人，包括几个部门的经理，还有厂办的文员们。李丹丹与一个相貌帅气的男人在卡拉 OK 包房里大秀恩爱，一会儿献花一会儿唱歌，脖子上面还有条粗大的项链。见了陈娟娟，她像什么事也没发生过一样，拉着那个男人向陈娟娟介绍。蛋糕切过之后，她端着一杯酒走到陈娟娟身边，嘴巴贴着陈娟娟的耳朵，轻浮地说："那个表格，就是我给你的。填好了，拿给我，算是这几年，你对我帮助的一种报答。如果不好意思，也可以请人转交。"

陈娟娟的表情尴尬。

"你肯定特想知道我的户口有没有进来吧。行，我告诉你，马上办好。我就要成为深圳人了。"李丹丹把喝了酒的嘴对着陈娟娟说。

陈娟娟气得发抖，她感到自己快要憋死了。她盯着李丹丹，心里想，户口的事情可不是一天半天，显然李丹丹已经办了很长时间。而这么大的事，却对她瞒得严严实实。什么率真和心无城府啊。陈娟娟有意多给的那些伙食费竟然成了李丹丹的户口，而她竟然一直被蒙在鼓里。

"是不是觉得我瞒了你啊，可你不也有重要事情瞒着我吗？说不说反正就那样，我都知道。"李丹丹挑衅着。

一张表就行了吗，中间还有多少艰辛。陈娟娟想，你真是个傻瓜。为办户口要受多少骗，除了身体、感情还有血汗赚来的工资。此刻，她没有说话，而是取出那张表格，重新摊开，抚平后，撕成碎片，抛向半空，让它变成雪花飘散。这情景让李丹丹和其他人都呆住了，接下来，是李丹丹哭着离开自己的生日晚会。

转身那刻，陈娟娟决定不再回头，这一切，都加速了陈娟娟结婚的速度。她下了决心，马上结婚，赶在李丹丹前面，拿到随迁户口，而不是回到工厂做本地人眼中的女工。也只有这样，才能证明，自己没有输给任何人。她需要证明给李丹丹看，自己天生就是高级的。

这一晚，陈娟娟把江正良带进酒店。她知道有些事情再也不能等。江正良进入她身体那一刻，她脑子里还是李丹丹。她在心里恨恨地说："没错，我们就是不一样，我就是看不起你。你就是蠢。"

4

出门的时候，陈娟娟跟在女儿江南身后。刚到转角，就见她蹲下身，换上一双高跟鞋。这双鞋与韩国电影女主角穿的那种很像。女儿把换下的鞋装进一个塑料袋，并熟练地放进一个大背包里。包是新的，和出门前的不同，是那种黑灰色搭配的花色。江南看见她，先头有些吃惊，后来就无所谓的样子。陈娟娟讨好地笑，弯曲着腰身，把手里的一百块钱递了过去，她希望可以和女儿说几句。

"你不是说要买个书包吗？"陈娟娟堆出满脸的笑，眼睛斜向女儿的手提袋。

女儿愣了一下，接过钱，放进口袋，冷冷地抛出一句，"买了！"

"不少钱吧？"陈娟娟小心地问。

女儿冷冷地回答："六百。"

"这么贵啊？"陈娟娟吓了一跳。

"是啊，几米，名牌，台湾货。"女儿的回答从容不迫。

"我怎么没听过？"陈娟娟笑着问。

女儿嘴角动了动，没说话，转了身。

为了不影响孩子的情绪，陈娟娟想了几天，决定搬回卧室去睡。要把家里的关系处理好，让孩子身心健康。这是班主任对她说的话。陈娟娟认为孩子变成这样，或许与她和丈夫分开住有关。虽说在这个城市里分居很正常，但还是会对孩子有影响。

陈娟娟把房间做了大扫除并把几件过时的家具做了简

单挪动，目的是让搬回去显得顺理成章。做完了这些，才去超市买了鱼和豆苗。这些都是女儿江南喜欢吃的。昨天做的那些菜，女儿和婆婆都没吃，甚至连看都没看。陈娟娟一个人坐在桌前吃掉了半条鱼，才等到女儿。

"多吃点儿，可以补脑子。"陈娟娟讨好地说。

女儿说："补脑子干什么，我脑子又没病。"

"我是说对你学习有好处。"一个小时前，陈娟娟坐车去新世界广场，买了个十二寸的比萨饼，那是女儿最爱吃的东西。她希望通过这个，拉近彼此的距离，两个人可以说说话，像过去那样。

比萨没动，放在茶几上，女儿甚至眼睛都不去看一眼。

也许刚吃过吧。陈娟娟再次想起学校后门的情景。她想，也许学生也经常会去那种地方。这倒没什么，可怕的是别的。陈娟娟不敢想。她偷偷看了看女儿还没有发育的身体。她不明白女儿怎么会与校外男生混在一起。学校刚把江南的情况通报了家长。

"不要跟我提学习，要学你去学吧。"女儿虽然嘴角微笑着，眼睛却透着冷光。婆婆正与江南交换眼神。

很多次的吵架都是因为嘲笑她们北方女人。

"你也算啊，我们都是北方人，呵呵，至少你是一半吧。"陈娟娟的样子有些大大咧咧。

"我可不是什么北方人。你们北方人除了脏、老土，还有什么，如果还有那就是穷。"江南说完这番话之后摔下了筷子，回到房间。

这样的话，陈娟娟听了多年。过去从婆婆和亲戚那里，直到最近才从女儿江南的嘴里冒出。

"如果不是来了香港和台湾人办厂，还有那些外省的工人，也许深圳都还是农民，仍然穷着呢。"接着，陈娟娟笑着对女儿说，"北方女人也有优点，你知道吗，比如上进，爱学习。"

"谁不知道呢，看看六约街道两边的工厂不就知道了吗？懒，不洗澡，喜欢说谎，多数女人做过鸡婆，也包括那些读了书的大学生。"女儿的话几乎没有停顿。陈娟娟想了一晚上要说的话还是被堵了回去。

一次次，她以为自己可以对女儿动手，连做梦时都想，想不到，她不仅没有，还要小心地赔着笑脸。有一次，女儿骂她，她刚伸出手，手臂就被狠狠地咬了一口，瞬间成了黑色。全家人都在，却没有一个人站出来阻止，包括丈夫江正良。

想到自己这些年的遭遇，陈娟娟觉得自己仍然需要忍耐，毕竟已经忍了十几年了。她求过公公婆婆很多次，直到江正良那件事情发生，怕丢面子，作为交换条件，家里才同意办理陈娟娟的户口。当时，丈夫和一个女孩被堵在卧室。"他怎么会这样对我啊？"陈娟娟握着一把开不了门的钥匙，身体发冷。

婆婆黑着脸说："我的儿子我了解，你自己就没事吗？"

当时陈娟娟还一头雾水，并不知道婆婆已从李丹丹的口中知道了樟木头，知道了陈娟娟那段不堪回首的历史。

那次生日之后，陈娟娟离开了兴业。不久，李丹丹也辞了工，据说是随男朋友去做大生意了，陈娟娟以为自己这辈子再也见不到她了。

没想到，一年不到，李丹丹就哭着来找陈娟娟了。她的脸和手臂都被打成了紫色，脖子上面有一块肉翻出来，很吓人。进门的时候，李丹丹下意识地想拉陈娟娟的手，见陈娟娟站着没动，并且有意闪开，李丹丹又重新变回拘泥。她坐在陈娟娟的办公台前，脸色苍白，人已经浮肿，尽管化了很厚的妆。她的手关节比过去粗大了许多，放在台面上显得别扭。人也瘦得厉害，两条腿之间有了很大的缝隙，上眼皮疲倦地塌下去，如同换了个人，让陈娟娟觉得陌生。直到看见李丹丹的眼泪，陈娟娟感觉又回到了从前。

被撕碎的那张表格是李丹丹男朋友给的。男人姓江，也是沈小姐介绍认识的，据说会写一手漂亮的书法，在深圳、东莞一带打过工，做过酒店的领班，还办过各种假证，是个老江湖。之前他知道李丹丹还有工厂里的那些女白领，包括陈娟娟，做梦都想成为深圳人，认为自己机会到了。没离开兴业之前，李丹丹曾经对宿舍的人说："他就是有这个门路，想办什么证不能啊。"李丹丹说这话的时候，二郎腿不断地抖动。

第一次见面，陈娟娟就不喜欢那个男人，那双桃花眼，还有偶尔伸出的兰花指，让陈娟娟不舒服，觉得阴气十足。离开兴业之后，有天早晨，这个男人站到了陈娟娟家门前说要借钱。

陈娟娟冷着脸说："我没有钱。"

那男人并不生气，笑着说："开什么玩笑啊，你怎么会没有钱呢，光年薪就有二十万吧？"说着就靠过来，去拉陈娟娟的手。陈娟娟吓了一跳，用力甩开，自己差点儿摔进旁边的花坛里。她身子向后躲的时候厉声呵斥："有钱也不借给你这种无赖，你再这样我就告诉李丹丹。"

那男人又笑了，说："你去跟她说吧，其实，是她让我来的。不是她总提起你，我还想不起来那么多，也不会知道你有钱。"他又接着说："不认识我没关系，总不会连沈小姐和樟木头也记不起了吧？"男人笑着。

陈娟娟感觉自己脸上放着一条毛虫，正在慢慢蠕动。

想不到，这么快就露出原形，骗子还是暴露了，当然李丹丹的户口也没了影。陈娟娟想了很久，最后还是提醒李丹丹把那些相关的证据找到，除了让骗子不再纠缠，也希望李丹丹能把办户口的钱拿回来。

"你怎么会这么傻呢？"所有的事情都完结的时候，李丹丹像是老了五六岁，眼角下方出现了这个年龄不该有的皱纹。月光下，陈娟娟站在小区外面的石阶上，无奈地对李丹丹说。

"还是你好啊。"李丹丹站在冷风里，发出这样一句感慨。

"你不应该与他合在一起做那些事。"李丹丹不仅没有拿回自己的钱，还被罚了款，并被拘留过。陈娟娟的声音显得单薄。

"可是，他知道我的那些事啊。你真以为我会无缘无故被拉去樟木头吗？"她的语调冰冷。

听到"樟木头"三个字，陈娟娟再次下了决心，割掉这段经历，就不能再与李丹丹有任何来往。

是李丹丹提出让陈娟娟帮她找个事情，她说手头太紧，连饭钱都快没了。

陈娟娟犹豫了一下，说："现在制造业都不景气。"

"我也不一定非要去那样的地方。兴业那类厂我都干够了。"李丹丹身子向前拱着说。

陈娟娟想了想才说："我看看再说吧。"

陈娟娟帮忙为李丹丹找的是个厨具公司，距离陈娟娟的住地很远。

李丹丹很兴奋，还没出陈娟娟办公室，就拿出小镜子，向脸上涂了些干粉。

天还没黑，李丹丹就过来找陈娟娟了。看着她无精打采的样子，陈娟娟已猜到了结果。

"怎么不去上班？"陈娟娟故意问。

“让我负责销售。”李丹丹低下了头说。

“那好啊。实惠，还可以提成。”

李丹丹不接话，半天，才吞吞吐吐地说：“有个助理的位置空着没人呢。”

“那怎么了，再空着也不会让你呀。”陈娟娟笑着说。

“我有经验，也有这个能力。”李丹丹认真地说。

“呵呵。”陈娟娟只笑，不说话了。她在心里想好了，就是不能帮这种自不量力的人，素质低下、蠢的人。

说再见的时候，她有种预感，李丹丹已经和那个男人好了回去，或者仍与沈小姐有联系，不然的话，李丹丹不会这样，她没有这样的头脑，心气也不会那么高。她当然不知道李丹丹早已开始了自己的报复计划。

5

江南是在从网吧回来的路上被打的。尽管血迹已经擦掉，一侧的脸却留下一块大大的伤口，灯光下，发着暗红的颜色。她坐在沙发上哭的时候，全家人都在一旁围着。孩子守在电话机前，显然在等父亲的电话。一小时过去了，还是没有等到，连短信也不回。陈娟娟拿了拖鞋给女儿换上，说："抓紧时间去洗澡，早点休息，管理处说等会儿就停水了。"尽管都是老师和赶过来的亲戚，可她还是不希望女儿暴露在众目睽睽之下。

陈娟娟给丈夫发了信息。她知道他此刻正在某个女工的床上，她不想咒骂，而只需他早点儿回家，商量事情。江正良有个姐姐在澳州教书，知道江南的事情之后，曾提出过可以把孩子送过去上学，条件是学费和生活费一分也不能少。

陈娟娟刚想闭上眼睛，就听见婆婆在门外摔东西。再过一会儿，是婆婆的骂声，大意是陈娟娟把原来好好的那个家庭破坏了，现在的江正良又不喜欢这个家了，就连孩子也学坏了。

陈娟娟没有接话。她想明白了，她需要等待。她需要再忍几天或者几十天，她了解到，最后一批户口正在办理中，蓝印马上就能转成红印。红印才是正式的。有了户口，她什么都不用怕，甚至连退休金自己也能享受。此刻很关键，需要理性，不能随意发作，更不能乱，否则前功尽弃。

直到婆婆骂出了那句"鸡婆"，她才冲出家门。她打车去找李丹丹了。之前，她喝了酒，头痛得厉害。在这样的时刻，没有别的去处，她想到了李丹丹。

在高架桥下面的出租屋里，陈娟娟见到了李丹丹。见了陈娟娟，李丹丹像是完全忘记了先前的不快，很吃惊，随后是兴奋。李丹丹恢复到从前的样子了，只是陈娟娟还是能看到些变化，比如李丹丹脸皮厚了，爱开玩笑，尤其是黄色玩笑。比起过去，她更加不讲究，皮鞋里面是一双没有穿袜子的脚。她大声呵斥沙发上面正在吃河粉的男人，意思是让对方找个地方先对付一晚。她说要留陈娟娟过夜。

"给我一点儿钱吧，上次给的都用没了。"男人站起来时，陈娟娟才发现他的个子很矮，连一米六还不到。

"你不能到保安室去睡吗？"李丹丹瞪着眼睛，训斥对方。

"好，好，我现在就去吧。"显然害怕李丹丹再说什么，男人夹了件破旧的军大衣，伸展出短短的手，掌心对着陈娟娟，做个摆手的动作，出去了。门刚关上，李丹丹就说："湖南人，没钱，什么条件都差，就那个地方行，看起来，我这辈子也就这样了，不像你命那么好。"

说完，李丹丹对自己的那句话有点不好意思了。

见陈娟娟不说话，李丹丹像是想起什么，在房间里一阵手脚乱忙。最后，不知从哪里翻出一包咖啡，刚冲了，又从厨房里拎进半瓶九江牌米酒和几块风干的鸭脖子。

"再喝我的头会爆炸了。"陈娟娟指着自己的太阳穴，此刻那里正疼痛着，出门前实在已经喝了太多。

"呵，没事。"李丹丹还是开了白酒。显然她早忘记陈娟娟曾经的神经性头疼。

呕吐之前，陈娟娟还是想起了那咖啡的名字——蓝山咖啡。以前喝过。陈娟娟有些奇怪，李丹丹这种人怎么可能懂咖啡呢？咖啡冒出热气时显得有些怪异，但只过了一小会儿，陈娟娟就明白了。是李丹丹寒酸的房子。这间房间像个垃圾站，角落里堆放着几只兴业厂的产品——鼠标，还有后来工厂的各种印花塑料袋，显然都是偷偷带出来的。她用来装咖啡的有着脏乎乎的水印的杯子，以及楼道里的声音全部与这种饮品不配套。本来还想说什么，可她又咽下了。

时间不知过去了多久，酒后的哭泣和醉话之后，陈娟娟睡了不到十分钟就醒了，虽然闭着眼睛，透过窗外的月光，可以见到李丹丹正盯着她的脸。也许离得太近，李丹丹的脸像是换了一张，连毛孔都看得清清楚楚。陈娟娟的后背有了冷汗。她有了某种不祥的预感，感觉李丹丹正做着什么，而这个事情应该与她有关，只是还没想到她正用樟木头换取金钱。之前的男人让李丹丹花光了所有的钱，彻底变成了穷人。还有多次找工作的失败，最后让她什么都不想做，只有不断向熟人借钱用来租房和吃饭。陈娟娟也借过多次，最后的一次陈娟娟说不用还了，意思已经明确，希望对方不要打扰。再后来都是找借口躲掉。听说有一次李丹丹坐在陈娟娟家，等到后半夜还不肯走，婆婆拿了钱打发她打车回去，才算了事。李丹丹并没有罢手，她继续守在校门外，为江南买好香烟、不一样的书和新的网卡。

陈娟娟躲开与李丹丹眼睛的对视，起了身。

出门前，她再次看了眼那杯变冷的咖啡，只喝过一口，就被搁在旧沙发扶手上。陈娟娟第一次觉得那种水太涩、太苦，并不合适她。

尽管后悔，可她还是语调平缓，装出拉家常的样子对李丹丹说："只要这个人对你好就行，看样子还是很老实。"

李丹丹嘴角动了动，冷笑了声，觉得陈娟娟到这个时候仍然看低她。有些人长相就是穷人。这句话，当年是她无意中听说的。李丹丹脖子上有块小小的疤痕，从远处看，不太清楚。近了看还是有些明显。类似的话，显然是刀子，早就刺痛过李丹丹。

路上，陈娟娟发现外衣没了，连口袋里的钱也没了，显然是李丹丹干的。不知为什么，脑子里再闪出李丹丹那张脸时，她不禁打了个冷战，她联想起最近发生的事情。

6

"那可是关系妈妈的户口啊，要等交完了全部的钱，才能有户口。妈妈的东西将来都是你的。"陈娟娟呆呆地看着女儿的脸。蓝印户口的事还是被发现了。

"如果你真爱我，就应该换上我的名字。"说完这句，江南摔上了门离去。陈娟娟当时并不知道婆婆根据李丹丹的指引，早已查到陈娟娟名下的公寓。

七月二十九日，单身公寓，包括那辆二手车都被兑换为美金，成为女儿江南异国读完初中的学费。她已经和六约街上那些小流氓混在一起，如果不出去，可以预见接下来的事情，吸毒、打架……陈娟娟不敢想了。只有离开这个环境才行。

"别浪费啊，每一张来得都不容易。"陈娟娟对着江南紧闭的房门哭泣。她记得每一张钱的来龙去脉，恨那些来龙去脉。可却无力回天。

天气依旧炎热，望着远处的街和那些细小的汽车和行人，陈娟娟害怕的则是那外面的烈日，她担心照在自己干燥而瘦削的身上，会在瞬间被点燃，烧成熊熊大火。这个时间，也是四川发生震惊世界的大地震的第二个月。深圳刚出台新政策。边境证、暂住证、蓝印户口早已成为这个城市不愿意再提及的历史。所有的城门都已经打开，再也不会有人检查行人的证件。大学毕业便可以自行申请户口，而无须任何附加条件。报纸、电视、广播正在全天热播这一重大新闻。四川地震之后，这是最大的新闻。而她正是在二十一天前，和其他女性一道因为婚姻而被批准了入户。

安检之前，江南与送行的亲友们都打了招呼，动作开始慢下来。她走到陈娟娟面前，先是发怯，到最后，抱住了正在发抖的陈娟娟，喊了一声"妈咪"喉咙便哽住，再也说不出话，任凭眼泪流了很久，才拖着哭腔说："妈咪，我早知道，你也进过樟木头，受过很多苦，如果没有人替你交罚款，你早已被遣送回老家。李丹丹阿姨说，以为这件事可以让你们成为同病相怜的姐妹，可你总是高高在上，活得虚伪。"这是女儿近三年来对她讲得最多的一次话。

江南放开陈娟娟的肩膀，用哭红的眼睛看着陈娟娟说："还记得吗，我做过班干部、三好学生，以你为榜样认真读书，曾经那么听你的话，从来没有想过与妈咪分开。如果不是听了她的话，知道了那些事情，我不会离家出走，更不会学坏。因为，你曾经让我觉得耻辱！"

"李丹丹！"陈娟娟在心里狂喊了这个名字。这些年，躲过一个又来一个，李丹丹不断向她索要钱财，折磨着她的神经。她是陈娟娟驱除不掉的梦魇和鬼魂。樟木头，樟木头，她总逃不掉。除了改变了她的命运，也必将改变李丹丹的人生。早在四十分钟之前，陈娟娟就已报了案。想到李丹丹会因为敲诈罪而再次回到樟木头，陈娟娟已是泪流满面。

樟 / 木 / 头

「 这 世 界 」

1

德远老人的生活基本是这样的：早晨做好了饭，吃完后到西乡公园去跳舞，中午到馆子要碗米饭炒个青菜吃了，接着与人下盘象棋，下午四点多转到市场，买点儿喜欢吃的菜，有时是只肥厚的花蟹，有时则是条普通的桂花鱼。然后骑着单车，一路观赏着风景回家，为自己烧一餐可口的晚饭。高兴时，喝点儿小酒。有时是普通的小二，有时则是有软化血管功效的红酒。如果不愿意动了，碗筷放到第二天，让钟点工过来收拾。他的生活过得有条有理，从不马虎了事。

直到有天中午，他接了一个电话。

当时他正在公园里活动，附近有人穿着白色绸服练剑。音乐很响，一会儿是《最炫民族风》，一会儿是宋祖英的《好日子》。德远老人一边听一边扭臀，下腰，伸胳膊，样子有点像女同志。他拿了电话躲在一边，喂了几声，也没听出是谁，以为打错了，正想挂断，电话里面喊了一声叔，我是王泉，德远老人才安静了。

王泉说，叔啊，快来家里吧，咱家现在有房有车，日子越过越好，你啥时候来家，告诉我几点钟，我去车站接你，房子都给你准备好了。接完电话，时间才一点多，离晚饭和广场舞时间都还早。然而，德远老人已经不想在公园。他坐在石椅上，看着这群南方老太太和零星的几个老头，突然间觉得眼下这个生活离自己很远。他浑身无力，像是做梦那样瘫在座位上。中间有人过来跟他说话，怎么不下场呢，吃东西了么，晚上万福广场有一场，省里有人来参观，有人管盒饭矿泉水，不能迟到。说话的人很认真，德远老人却什么也听不进去。他感觉声音越来越远。

想不到，这一天还是来了。

王泉是德远老人的侄子，很小失去父母，村里的亲戚无力照顾，只好写信，把他交给德远老人，他是王泉的亲叔叔。就这样，王泉来到了城里，直到十五岁才离开德远老人，重新回到老家，从泥瓦工干起，终于做成了一个包工头。

王村是王泉和德远老人共同的老家，也是德远老人教育孩子长大后，为之增光的地方。他是这么说，也是这么做的。早年他弄不懂中专算不算得上乡绅，只是知道自己是家族中文化最高的人。远隔千里，每次耳热心跳，他都相信是家里人，围在一起念叨着他，当然是念他的好。这些年，他为老家做的那些事，比如捐钱建了座小桥，尽管没有刻名字，仍然有很多人知道。

这些都不算，德远老人最得意的是把王泉抚养成人，并做了老板，光宗耀祖。最近他总是回忆那些年，除了上班，还在外面找事做，干过各种脏活累活，就是想多挣点儿。很多时候，他想对儿女们聊聊这些，可他们根本不想听。当然，他不愿意回忆偷苹果的事，还有两只鹅，为了多吃几天鹅蛋，没有及时处理赃物，被人追上门来，他的腿被打坏了。这些事情，他都不想说，主要是不合他身份，他不希望自己的形象受到任何影响。

退休后，他一心安度晚年，并且变得贪图享受，好像过去的事已被一笔勾销。而内心深处，他等着王泉。王泉说过，将来要报答他。正因为是这个，他不能随便回老家，他认为需要一个仪式。

第八天上午，德远老人穿戴整齐，坐上了回老家的火车。前面这些天，他像是得了大病，躺在床上，不能入睡，饭也吃得很少，眼皮塌陷下去，公园更是不去了。孩子们有了不好的预感，如果不回去，德远老人仿佛过不了这个年，只好答应他。作为老人的儿子，二河请了两天假，护送过来，约好把德远老人交给王泉再离开。

上了火车，德远老人病情并未好转，反而像个发热病人，一会儿坐着，一会儿躺下，如同一个多动症孩子。最后，他把儿子叫到两个车厢之间。

我早知道，安顿好了，他们立马会找我，他们怎么可能忘了我呢。他点着烟，抽了一口，又递给儿子一支，他似乎忘记儿子根本不会抽烟这事儿。他等儿子接话。他猜想，之前，王泉的日子肯定不好过。如果没有出息，王泉不好意思见他，他清楚王泉要面子，当然他更要面子，不然不会这么多年不回老家。如果王泉不请他，他是不会回去的，尽管他离开老家快三十年了。他知道自己的分量。见儿子半天没有接话，他说，你知道那个时候，我们家多不容易吗，因为你哥。

儿子讨厌这种叫法，他根本不会叫他们什么哥不哥的。因为王泉，德远老人和自己的大儿子几年不说话，他本来可以成为一个大学生，老师都看好他，可他不想待在家里，跑到外地去打工，最后连结婚都不通知父母。他伤了心，看不惯德远老人对王泉那么好，担心王泉受欺负，吃不饱。德远老人总是带着王泉离开一段时间，跑到其他女人那里去，这导致他和老婆的关系越来越差。

德远清楚王泉影响了他的生活。也正是如此，他过的每一天都不踏实，更盼着有朝一日回去。

德远老人一直都是个小资，不仅因为他长得不错，行为也跟别人不一样。年轻的时候，他裤线笔直，手里还常常拿一些谁都没见过的书。那时候家家吃玉米饼子的时候，他把头发梳得很光溜，每天刷两次牙。谁也搞不清楚，他从什么地方弄来的牙膏和发油。不仅如此，他偶尔还会从外面带回一个苹果，用小刀切了，分给孩子们。第一次见到王泉时，德远老人有点不自然。因为这个侄子矮小，枯干，脸色灰白，牙齿黄黑。这是他离家多年唯一见到的老家亲人。德远老人是一个多么要脸面的人，显然这个亲人不是他想象中的样子。平时，他把家乡描绘得跟花似的，好像那是一个天堂。不仅如此，他喜欢把自己打扮成读书人。他嘴里的读书人知书达理，干净体面，绝不像其他人那样脏和粗鲁。看着所有人围着王泉打转的时候，德远老人表现得有些冷漠，好像那不是他的亲侄子，而是别人的。尤其是老婆假惺惺，孩子孩子叫的时候，德远老人一声不吭，眼睛看着天棚，好像那里才有一个可爱的孩子。

到了晚上，德远老人绷不住了。天刚黑，他见四下无人，便从暗处把手伸过来，在王泉的脑袋上摸了一把，落在王泉灰乎乎并打了结的头发上并停了一会儿，眼泪便在眼圈里打转。随后，德远老人的神态也显得有些不同。他东看看，西瞧瞧，不知道要做什么。最后，他亮出怀里的一个冻柿子，用眼神把王泉引进煤棚子。他对王泉说，快点吃了，别让你婶看见。他害怕被老婆发现。他的老婆喜欢骂人，经常为了一件小事折腾几天。王泉不说话，可怜巴巴地看着这个说普通话的叔叔。

柿子太硬了，王泉不得不把它放在胸前，又贴到脸上，希望它早一点儿融化。越是着急，那食物就越发像石头。德远老人看着王泉这样，也不管。直到它开始稍稍变软，王泉才狼吞虎咽吃起来，德远老人见了，露出满意的笑容。很快，王泉便抬起冻紫的脸和发抖的嘴，看着眼前的叔叔，他吃完了。德远老人递上一个白色手绢，异常温柔地帮王泉把脸擦干净。

过了几个月，德远老人带着王泉坐上火车，去了隔壁的东阳县城，在一个女人家里住了两晚。那是个农村妇女，守了几年寡，一直喜欢德远老人。德远老人对她没有那个心，他不喜欢没文化不讲究的女人。德远老人只是想给王泉改善一下伙食，毕竟在家里吃饭，王泉还是不敢放开。每到半夜，王泉就饿醒了，他想去灶前，掀开锅，吃掉为明天留下的饭菜。他当然不能过去，很多眼睛盯着他。有两次刚要动手，就听见被子有响动。而这个女人先给王泉烙了发面饼，随后，从柜子里拿了块布，用缝纫机为王泉连夜做了条裤子。

事情过去了一段时间。有一天，德远老人下班回家，发现气氛有些不对。王泉吃饭的位置变了，他坐在婶子身边。德远老婆正把肉夹到王泉碗里，而王泉脸上的笑却跟哭一样，眼睛躲着德远老人。不到半夜，家里便吵翻了。地上放着德远老人的行李，也就是一个破包袱。德远老人光着身子被踢下床，他手忙脚乱往身上套衣服。德远老人临出门的时候，不敢看王泉，他希望王泉此刻是安全的，没有被注意到，可他还没有走到门口，就听见老婆划破夜空的号叫，把这条脏狗给我带走！

那女人是后半夜把德远老人和王泉迎进门的。她水汪汪的眼睛盯着德远老人的脸，又摸了一把王泉的脑袋说，天亮了就给你洗头，抓虱子。接下来，德远老人把行李放在她家炕上，正式向王泉做介绍，这是你赵阿姨。于是，两个人便住了下来。直到一年后，王泉离开叔叔，回到老家，德远老人在某个没有月亮的晚上，趁着赵阿姨睡得正香，拿齐自己的东西，跑了。

这一次，德远老人整理行李时，不仅拿了扇子、茶、梅花手表、毛笔、宣纸，还把藏了多年的宝贝，如人参、鹿茸、旅游区买回来的珊瑚，瞒过其他人，带出了家门。要知道这些东西，平时连人碰一下，他也会生气。德远老人的想法是，把属于自己的东西带回去，花点钱，买个房，院子重新翻过，种点菜，养个狗，再抓几只小鸡，养着生蛋。他还带了几件女人的东西，那是过往的日子里，偷着买的。因为条件好，没有负担，这些年一直有人给他张罗老伴。每次他都是笑笑，然后没了下文。后来也就没人再提。他有过找个老伴的想法，毕竟有些时候还是需要。关于这件事，他想过，回到老家，找个条件好的，不用办什么手续，一起过过日子，也挺美的。养老的钱够用了，用不了的就在山上买块地，将来把自己放进去。他叮嘱儿子不要等他，更不要指望他回来。我回来干吗呢，毕竟我的根在那儿，再说王泉在那，田园风光谁不向往呢？方圆百里，到处是稻田。每次想到，他心里都是暖暖的，他明白，自己想王泉了。现在他长成什么样了，还是不是那个可怜的样子。这两年，德远老人发现自己眼窝浅了，爱流眼泪。

儿子不想跟他理论。德远老人只能在心里跟自己说话，我不帮他谁帮他？当年我不帮他，现在我能这样体面地回去吗？做人要看长远。他很清楚，那个年月，家里连吃的都不够，又多了口人，王泉每次都吃那么多，为了这，老婆总是跟他吵架。当然，他很清楚，如果没有王泉，他们也会吵。

儿子不知道什么时候睡着的，醒来时，吓了一跳。他发现卧铺上没人，毕竟是七十岁的老人了，他赶紧穿了鞋出来。他看见父亲正拉住小桌板站着，望着黑乎乎的窗外。他的另一只手抓着本古书。德远老人一直喜欢历史，"苟富贵，勿相忘"是他最喜欢的话，为此他一直讨厌东北二人转，他认为那些对话太俗，没品位。可这么黑的地方怎么能看书呢。

见到王泉的时候，天已经大亮了，他竟然上了火车。

真吓人，只停两分钟你就跑上来了，你就不怕火车把你拉走啊！德远老人对着王泉大声喊叫。想不到，见面的第一句话是这样，跟德远老人想的可不一样。随后，德远老人对儿子说，不用管我，我的根在这儿，不用等我。这是他和儿子告别时说的一句。德远老人故意说给王泉听。

嘿，叔你不知道，只要把钱递上，就能上车，咱家不缺钱。王泉咧着嘴，露出一口发黑的牙齿。德远老人瞪着眼睛，好像没听见。直到他坐到王泉车里，手抚着座位上的皮革，嘴角才露出笑。王泉把座位调成床的样子，让德远老人躺下说话。这时德远老人仔细打量侄子，几十年没见，他还是一眼能认出，主要是王泉的眼睛没变，总是透着可怜。尽管他的脸膛已经宽大了许多，还泛着油光。当看到王泉头发也白了一半时，德远老人心酸了，他知道，这些年王泉一定受了不少苦。

叔，到了年底咱家还能买一台，不信，你看着。王泉低下头，笑眯眯地看着德远老人。

嗯，也别太快了，一步一步，枪打出头鸟啊，政策的事谁也说不准，还是应该留点钱以防万一，你是受过苦的，知道钱要省着花。德远老人显得语重心长，他认为自己需要恢复从前说话的语气。

王泉不理这些，继续说，告诉你，现在全村人都给我打工了，你说好玩不，都喊我老板，老板这老板那。德远老人听了，有些着急，他想跟王泉说，你是孤儿，村里谁家的饭都吃过。滴水之恩当涌泉相报，要好吃好喝待人家。德远老人脑子里是过去的岁月，自己对王泉的那些教导。他知道自己的话，王泉还是非常愿意听的。他脑子里浮现出当年那个流泪的孩子，再看看眼前的王泉，德远老人对着车窗上映出的自己，微笑了。他知道，自己没有白苦这一场。

没事，没事，叔你放心吧。王泉的笑声有些像女人，总是笑到中间，突然掐断，过了一会儿，再细细尖尖地接上。过去，他好像不是这样。记忆中，他似乎没有笑过。

庄稼呢。德远老人突然想起，一路过来，好像没有看见庄稼。

　　王泉并没有接德远老人的话，他沉默了。天突然就黑了下来。德远老人还想叮嘱几句，便听见了鞭炮声，他们已经到了村里。他从汽车的躺椅上突地坐起，紧张地看着四周，像受到了惊吓。王泉倒是早有准备，笑着道，都是过来接你的。

　　德远老人的脸不仅变得通红，甚至还涨起来，似乎不像自己的身体了。他的神情变得凝重，手脚不知放在哪，连嘴也不知道应合上还是张开。作为从前的一名普通工人，一个喜欢唱几口京剧，看过几本古书，有点儿小情调的男人，此刻他不知道该怎么办了。

　　汽车在一个巨大的铁门前停下。随后，车门打开，德远老人有点儿晕晕乎乎，两只脚一前一后落到地上。抬头看见房前屋后围了很多人，德远老人腿脚发软。他像个新郎官一样，被缓缓拥进王泉的别墅。王泉有意落在后面，他撕开一包中华，向众人撒过去，挥了挥手，说散了吧，出去出去。他只放进了有限的几个人，包括村干部和几个亲戚。其中有个是二爷爷，村里年纪最大，做过公社干部。当年由他召开家族会议，决定把王泉送到德远老人身边，抚养成人，再回来。

德远老人像是做梦，身子越发轻柔，双脚已不起什么作用了，像是被谁抬着，飘到椅子上，他坐上了主位。

叔啊，没有你就没有我今天，我一样也没忘。只喝了几杯，王泉就醉了。他端起酒杯，红着眼睛对德远老人说。

德远老人似乎也哭了，他用大巴掌抹了把脸，瞎说咧，哪有，是你自己争气，你看你，啥都有了。他环顾了一下全屋，把眼睛停在电视机、电脑、冰箱上面，笑着。

王泉说，叔，你看外边那些地，全部要开发，到时候，盖大楼，五十层，一百层，和城里连成一片。

那水稻呢？德远老人有些着急。

没等德远老人再开口，王泉又说，你知不知道，咱村里，别人家的儿子到了二十四五，女人啥味道还不知呢，可是我儿子都快娶媳妇了，你说我是不是厉害呀？

德远老人笑着，是啊。过一年你就得当爷爷，我呢，还成了老爷爷了，哎呀，我没那么老吧。说这话的时候，德远老人竟像个喜欢撒娇、扭扭捏捏的小媳妇。

见很多人在看他，德远老人不等别人敬他，自己先斟了半杯，张开嘴，全部倒进去。听见了一片喝彩声，德远老人更来劲了，又喝上一杯。很快他便觉得自己的舌头变成了木头，不听使唤。他笑岔了气。眼前的东西开始旋转，他们把他托起来，向上抛。别太用力，叔血压高，头晕，他觉得自己已被抛上了天，在天上看着所有人笑。

　　德远老人醒来的时候，已是第二天中午。他吓了一跳，完全忘记自己在哪。他发现自己置身另一个地方。这地方由破床和桌子组成。记忆中的电视、冰箱也不知去了哪。破桌子的一条腿下面垫着两块砖头，桌子被一块白底灰花的脏布围着。床上，到处都是他的衣服，其他东西也凌乱地放了一地。白衬衣挂在门的把手上，一只袖子滴着水。他一只脚刚踏进鞋里，便发现里面是湿的，他闻到一股臊味，是小孩的尿，不仅如此，还倒出了瓜子皮。手机、剃须刀被胡乱地扔在桌子上，其余东西被丢在箱子和窗台上。他的旅行箱打开了，准确地说是被撬开的，螺丝刀还扔在地上，里面的东西已经翻乱了。

　　这是哪个小家伙呢。他想到了一点儿昨晚的事，当时还说过要当老爷爷了，德远老人在心里用了这个词。平时，他是不会这么家长里短，更不会说这些肉麻的话。比起同龄人，他还是喜欢咬文嚼字。

又过了会儿，仍然没有声音。他只好咳了下，推开门。外面是晃眼的阳光。眼前除了一个脏盆，什么也没有。灶屋大开着门，外面的阳光亮得让人睁不开眼，他觉得自己拿着牙刷和毛巾的样子像个傻子。这到底是怎么回事，王泉、村里的亲戚，还有那些孩子呢，他们在哪儿，喝酒后，他又怎么来的这儿？

他在房子里站了一会儿，回忆了前一晚的情景，那是一个豪华的大房子，东西比城里人家还多，与眼前完全不是一个世界。

德远老人稀里糊涂收拾了一下自己，坐到了餐台前，准备吃点儿东西。他确实饿了，想起前一晚，除了喝酒，什么也没有吃过。最后一杯是王泉儿子敬的，这是一个文了身的男孩，没人知道他是什么时候进门的。他话说的很少，连喝了四瓶燕京之后，便把腥咸的嘴贴着德远老人的耳朵，说自己什么也不怕。随后又说，大哥，你要小心了，不过这事儿我可帮不到你！说完便躺在地上。之后的事，德远老人似乎记不清了，包括王泉流着泪，说叔啊，你终于来了，我一直在努力，就盼着这一天啊。

此刻，德远老人看着桌上的食物，发了一会儿呆，他想起，这还是前一晚上剩的。尽管如此，德远老人表现得并不外在，他把这些东西放在心里，看着窗外，像是对着什么人说，行，我不讲究，现在也挺好的。说完话，他用两个手指拎起一个冷饺子，扔进嘴里。那种软塌塌的东西，仿佛是一块被脚踩过的烂泥放在嘴里，他想吐。

与此同时，德远老人似乎听见不远处有吸溜吸溜的声音，那是他熟悉的。在城里的时候，每天早晨，他都是喝了牛奶才去公园。为了证实自己的判断，他跑到门前，隔着门缝，看见前面那间别墅里，有个女人正站在阳台上，手里拎着没有喝完的牛奶，准备向远处抛，动作非常夸张。这是王泉的老婆，他昨天晚上见过。似乎早就知道有人看她，女人狠狠向德远老人这边瞪了一眼。

连吃饭用的盆子也是脏的。除了这几个饺子，德远老人发现自己的住处没有一点儿吃的。在城里每餐都有肉吃的他，这时，已经饿得没有力气，他连鞋都没有脱下，便躺到了床上，对着黑麻麻的天棚想流眼泪。这是怎么回事呢？天快黑的时候，他给王泉打了一个电话说，王泉啊，你啥时候过来呀？

王泉说，快了快了。

又过了一天，还是没见到人影。德远老人发现自己一点儿力气也没有了。他认为如果再不出门，便会死在这里。

虽然相距不远，德远老人却感觉走了很久。他要走出自己的房子，才能进到那个铁门里，那是王泉新盖的别墅。德远老人住的是间老房子，堆着各种建筑材料。眼下，他的腿不听使唤。他看见自己的西装上面沾满了灰，这些灰有些发白，皮鞋已经变了形，太阳很大，脸上的肉被晒得生疼，路上连一棵树也没有，草也没有，到处光秃秃的一片。稻田呢，小时候那一望无际的水田呢？德远老人的眼睛开始花得厉害，甚至发现天也变了颜色。到最后，他发现要下大雨了。刚这么想，天上的大水就泼了下来。德远老人开始是站着，走着，后来，他那身西服被水浸透了，他被打得弯了腰，蹲得越来越低，皮鞋软成了一块布，黏在脚面上，而身子似乎被镶进泥里。

德远老人出现在王泉家客厅的时候，屋子里的人全都愣了，他们手里的筷子还伸着，嘴里的肉露出了半截。

叔，你咋过来了，正想着吃完就去看你呢。王泉慌里慌张地站在地上。其他人则继续吃饭，不再看他。

德远老人没说话，从热气腾腾的饭桌前过去，排骨和一盆热乎乎的肉汤差点儿把他熏倒。

叔，你饿么，要不然坐下来再吃点儿？

德远老人面无表情地说，不饿。他没有停下脚，转身，一瘸一拐出了门，回到了自己的住处。他没有开灯，便躺到了床上。这一刻，他发现没那么饿了。

叔，最饿的时候，我吃过煤你知道吗？不知过了多久，德远老人从梦里惊醒，是王泉摸黑过来，对着床上的德远老人说话。

德远老人"啊"了一声，坐起来。他看见一个黑乎乎的人影，王泉站在床前。

王泉又说，叔，你摸摸自己良心，你敢说那些年，你对我是真好吗？他接着说，你去赵阿姨那儿是为了我吗？难道不是拿我做挡箭牌吗？你们在炕上闹腾的时候，把我快挤到了地下。我不断挪，把她家发面的盆子差点儿踢翻。那些年你让我背了多少黑锅，你知道吗？

王泉你这是哪儿的话呀？德远老人想不到王泉会这么说。他伸出手要拉王泉，王泉躲开了。

王泉不接德远老人的话，说，你的孩子哪样比我差了，我连吃点儿东西都要东躲西藏。有次你塞给我一个柿子，我又着急又害怕，差点儿把口腔冻伤。有一年，你没有给我买衣服，我穿着你们剩下不要的，上面带了这么大一块补丁，我根本不好意思上学。为了劝我早点儿回去上课，你让那个女人给我做了条裤子。你知道吗，米黄色小方格，那是一块女人用的料子。我在后悔，为什么没有留给你做个纪念。最后这句，他不仅用手比了一下，还提高了嗓门。随后，他又说，喝了酒，你骂我懒，总是睡觉，说我不爱学习。现在，你看到了，最后是我做了老板。你呢，你做了什么？到现在，你竟然想让我们天天守在田里种什么水稻，又穷又苦，然后求你施舍，你安的什么心啊！

德远老人急了，却不知道应该说什么。他脑子乱了，道，你不应该把我和赵阿姨的事说出来，不然的话，我不会和你婶闹成那样，她临死都不让我看她一眼。德远老人喉咙发紧，其实他不愿意想起这些。他记得那一晚，王泉的眼神。他很清楚，是王泉告的密。

王泉笑了，他记得叔叔和赵阿姨见面那晚，一个在左边，一个在右边，热热地拉着他的手，感觉把王泉当电线了。当天晚上他们便好上了。隔着他，两个人踢对方的脚。当时外面的月亮很大。他闭着眼睛，听见哗哗作响的被子和两个人的喘气声。眼缝里，看见两个人叠在一起的样子，他失眠了。冬天，他让他在院子里面数星星，数着数着他就睡过去了。冻醒后，却怎么也敲不开门。

王泉说，因为我，你得了单位多少钱呀，还有邻居的好处。带着我，你四处混吃混喝，到最后，你都不想上班了，让人家给你吃的。他们多傻呀，都被你骗了。有一年，因为我，你还得过先进，人家以为你人品好，拉扯我不容易。那是你第一次得这么大的奖吧，如果没我，你会得吗，再大一些的时候，你把些旧东西送给我，还说，本来可以换鸡蛋的。我第一次进到你家洗手间，待了十分钟也不知道怎么用马桶，你们全家想看我的笑话。你老婆家里来了人，像看动物那样看我，这个时候，你向他们介绍过我是谁吗？没有，你怕我让你丢人。叔，没有别的意思。这几天，你借给我用用，放心，时间不会太久。就是想让您尝一下寄人篱下的滋味。我没骂您也没打您，可是您好受吗？

德远老人突然明白王泉儿子，那个文身男孩意味深长的话。

这些亲戚知道你这么对我吗？德远老人冷着脸，他发抖的手，在身上四处摸香烟。此刻，他需要抽一口，才能说话。

叔，知道谁帮的忙吗，他们连拉带拖，根本不用我动手。可惜你睡得很香，本来想把你弄醒，让你看看，听听他们那些话，都是骂你的。王泉掏出一盒中华，递给德远老人。

德远老人没有接，因为手已经发抖，他不想被王泉发现。他说，我记得，那一次我去接你放学，你的脚冻坏了。在桥上，你说不敢走，走不动。

王泉说，没忘，你还背了我。

德远老人说，当时你哭了，说叔叔对我恩重如山，这辈子也忘不了。

似乎早有准备，王泉笑了，都没忘，可你知道人又冷又饿的时候，什么都会说出来，这连动物都知道。

不知何时，德远老人被一声声"老板"喊醒了，声音似乎比过去甜了些。说了一晚上话，德远老人睡得有些沉。过了一会儿，他才听出是那些亲戚，包括二爷爷和村干部，他们过来等王泉派活。有人手上拿着刚杀好的鸡，准备给王泉煲汤。另外几个人手上拿着西红柿、芹菜，菜都没有上过化肥和农药。如果不是为了王泉，他们才不会摆弄这个。现在谁家还种菜，搞不好，会被人笑话。

王泉醒得有些晚，他站在自家窗户向外看了一眼，骂道，你们这些兔崽子，急啥，吵得老子睡不好。窗外有人答着，老板，您再多睡会儿吧，身子骨要紧。

前一晚，王泉高兴，和媳妇在床上折腾了一夜。太累了，他还想再睡会儿。当然，他很清楚，睡多久都没关系，因为这个世界早已经是自己的，没有谁可以妨碍到他。